Stéphanie Pélerin est une autrice française, elle est également professeure de français.
Depuis décembre 2008, elle tient un blog littéraire : milleetunefrasques.fr
Le monde entier est une possibilité est son quatrième roman.

Ce livre est également disponible
au format numérique

www.editions-hauteville.fr

Stéphanie Pélerin

Le monde entier est une possibilité

Hauteville

Hauteville est un label des éditions Bragelonne

ISBN : 978-2-38122-337-7

Bragelonne – Hauteville
60-62, rue d'Hauteville – 75010 Paris

E-mail : info@editions-hauteville.fr
Site Internet : www.editions-hauteville.fr

« Et puis, qu'est-ce que ça veut dire, différents ? C'est de la foutaise, ton histoire de torchons et de serviettes… Ce qui empêche les gens de vivre ensemble, c'est leur connerie, pas leurs différences… »

Ensemble, c'est tout – Anna Gavalda

« Je n'aime pas le mot *tolérance*, mais je n'en trouve pas de meilleur. »

Gandhi

Chapitre premier

14 février 2009

Lalie lorgnait l'objet sans parvenir à se décider. Marc avait oublié son téléphone. Devait-elle en profiter pour chercher la preuve de ce qu'elle soupçonnait depuis des mois ? De ce qui se tramait dans son dos. Il y avait quelque chose, elle le savait. Elle le sentait… Mais quoi ?

La tentation de s'introduire dans l'intimité de son mari était forte. Si elle découvrait que Marc fréquentait une autre femme, elle serait obligée de réagir. Son cerveau tournait à toute vitesse, et les questions fusaient. Ne s'étaient-ils pas mariés pour le meilleur comme pour le pire ? Pouvait-on encore se promettre fidélité de nos jours ? À cet instant précis, la frontière entre ses craintes et la réalité était poreuse. Son esprit était assailli de clichés, mais c'était plus fort qu'elle.

Elle avait rencontré Marc un soir, dans un bar. Elle n'avait vu que son sourire. Il était accompagné d'une bande de potes, mais semblait un peu à part, en retrait. Elle avait tenté le tout pour le tout et s'était assise à côté de lui :

— Tu ne danses pas ?

— Je t'attendais, avait-il répondu sans se laisser désarmer.

Ils avaient ondulé l'un contre l'autre pendant des heures. Le monde autour d'eux avait cessé d'exister.

Quand les lumières s'étaient rallumées, elle l'avait pris par la main et guidé dans les rues de la ville.

Il l'avait suivie sans un mot, dans une sorte de course folle, le long des trois étages qui les séparaient de l'appartement de la jeune femme. Il n'était que 1 heure du matin, ils avaient encore toute la nuit devant eux.

— Tu veux boire quelque chose ? J'ai du champagne au frais.

— Juste un verre d'eau, s'il te plaît.

Marc ne consommait jamais d'alcool.

Elle prit le portable, hésitante. Rien n'arrivait jamais par hasard. S'il avait oublié son téléphone, c'était forcément pour lui donner l'occasion d'y jeter un coup d'œil…

Son raisonnement suintait la mauvaise foi. À moins que ce ne fût qu'une tentative de justifier ce qu'elle s'apprêtait à faire : fouiller dans la vie privée, profaner l'intime, violer le jardin secret.

Par où commencer ?

Il n'avait sans doute pas eu la bêtise de laisser des messages compromettants. Devait-elle se lancer dans un passage en revue méthodique de tous les noms de son répertoire ?

Elle reposa l'appareil. Elle n'était pas prête à prendre ce risque. Ni à renoncer à ce qu'elle vivait avec lui. Ça n'avait rien de parfait, mais c'était stable. Et même s'il la trompait, il rentrait chaque soir auprès d'elle. Pouvait-elle s'en contenter ?

Le désir suivait les règles de ce monde dédié à la consommation, temple de l'obsolescence programmée… On vivait de plus en plus vieux. Pouvait-on encore se contenter d'un seul corps, d'un seul cœur ? Le devait-on, d'ailleurs ? On n'enferme pas les gens, on ne décrète pas que l'autre nous appartient. Néanmoins, Lalie ne voulait pas partager. Elle aurait voulu qu'il ne désirât qu'elle.

Elle aurait aimé se convaincre que la force de l'amour suffisait, or le doute avait tout grignoté.

Le soleil n'avait pas encore pointé le bout de son nez, et pourtant Marc avait commencé à se rhabiller.

— Tu peux dormir ici. Je ne ronfle pas et je fais le café le matin. Limite, si tu souris au réveil, je peux aller chercher des croissants.

— Lalie, tu vas me détester, mais… je suis marié… Mes potes ne devraient pas tarder à rentrer… c'est la fin de mon alibi.

Ne jamais le revoir, surtout ne jamais le revoir.

Bien sûr, ils n'avaient pu s'en empêcher. Souffrant d'être ensemble, crevant de ne pas l'être. Leurs corps : comme une continuité l'un de l'autre. Leurs âmes : siamoises.

Ne pas tomber amoureuse. Surtout ne pas tomber amoureuse.

— Je t'aime, avait-il dit dans un souffle, un matin où elle lui avait ouvert la porte.

— Surtout pas, avait-elle gémi avant de l'attirer contre elle.

Tout avait été d'une spontanéité désarmante entre eux, et pourtant, il avait fallu de longs mois à Marc pour mettre un terme à son mariage. Il avait connu Juliette, sa femme, alors qu'ils sortaient du lycée. Ils s'étaient mariés très vite, contre l'avis de leurs parents respectifs. « Trop jeunes. » Ils avaient évolué sur des chemins différents, et leurs amours, nées à l'adolescence, n'avaient pas évolué dans la même direction. Il était douloureux de renoncer à ce que l'on avait construit, même si ça n'était pas parfait. Juliette était fragile, il craignait de la faire souffrir. Et pourtant, c'était elle qui, un beau matin, avait proposé le divorce.

Quand Lalie avait parlé de Marc à ses proches, on lui avait demandé si elle n'angoissait pas à l'idée d'être, un jour, trompée à son tour.

Pas un instant.

Leur rencontre avait été une évidence. Un coup de foudre. Ce genre d'imprévu qui vous attrape et vous gratte tant que vous n'y avez pas succombé. Marc n'avait pas trompé Juliette parce qu'il était infidèle dans l'âme. C'était arrivé parce qu'elle était Lalie, parce qu'ils étaient eux.

Pourtant, aujourd'hui, elle était confrontée aux doutes les plus vifs.

— Veux-tu être ma femme ?

Le genou au sol, une bague en toc dans un œuf en plastique, Marc lui avait fait sa demande.

—Mon chéri, cette bague ! c'est trop ! avait-elle pouffé en retour.

— Tu imagines bien que j'y ai passé mon salaire !

Ils avaient fait l'amour toute la nuit. C'était leur façon de se dire « oui ».

Se marier avec un homme à peine divorcé. « Donc pas d'église ? » avait maugréé sa mère. « Es-tu certaine qu'il est remis de sa Juliette ? » avait cru bon de rajouter son père. Lalie s'était toujours moquée des bienséances. Elle vivait à plein régime, tentait beaucoup et se trompait presque autant. Si elle trébuchait, elle repartait. Les fois où elle tombait carrément, elle se relevait, frottait ses genoux écorchés et fonçait de plus belle.

Elle reposa le téléphone. Elle était ridicule.

Il ne la touchait plus depuis des semaines, semblait avoir élu domicile le plus près possible du bord du lit conjugal. Et alors ?

Il n'y avait qu'une explication possible : il était fatigué, et son travail l'accaparait. Il ne cessait d'ailleurs de se plaindre de cette nouvelle assistante qui l'embarrassait plus qu'elle l'aidait.

Il fallait accepter que, dans un couple déjà installé, ce ne soit pas la fête tous les jours. Ne pas céder à la routine, mais savoir que la passion des premiers mois laisse doucement la place à d'autres choses. Moins excitantes, il est vrai ! Mais pourrait-on vivre dans le tumulte de la passion pendant des décennies ?

Lalie devait apprendre à profiter de chaque instant, à savourer toute la palette des sentiments, à ne plus céder à des paniques dévorantes. Marc l'aimait, il avait divorcé pour être avec elle. Même si cela ne tournait pas très rond dans leur couple depuis des semaines, et qu'elle sentait qu'il lui cachait quelque chose, cela ne signifiait pas forcément qu'il avait quelqu'un d'autre dans sa vie. Toute embûche n'était pas forcément signe d'infidélité.

Et pourtant… s'il avait recommencé…

Plutôt que de gamberger inutilement et fantasmer des histoires qui n'existaient que dans son imagination, elle décida de l'appeler au bureau.

— Marc, c'est Lalie.

— Ah, mais c'est ma jolie valentine !

Lalie, perdue dans ses théories fumeuses, n'avait pas prêté attention à la date, elle n'y attachait aucune importance. Marc aimait ce jour plus qu'elle. Il avait toujours une petite attention supplémentaire à cette occasion.

— Mais pourquoi ne m'appelles-tu pas sur mon portable ? enchaîna-t-il.

— Justement, tu l'as oublié à la maison.

— Ah, oui ? J'ai été tellement débordé ce matin avec le téléphone pro que je ne m'en étais même pas aperçu. J'ai abattu un vrai travail de titan, ajouta-t-il. Je vais pouvoir souffler un peu.

Il n'avait pas constaté son oubli, ne semblait pas inquiet de la situation. Lalie se faisait sans doute des films…

— Si on déjeunait ensemble ? proposa-t-elle. Comme ça, dans la foulée, je te rapporte ton téléphone.

— Mais oui ! Sauf si… donne-moi quelques secondes, j'ai une idée.

Lalie entendit qu'il pianotait sur son clavier.

— Bingo ! Guette tes mails. Je vais t'envoyer une adresse… À tout à l'heure, ma chérie !

Mets juste ta jolie robe noire, celle de notre rencontre. Rendez-vous sur le parvis de l'Europe à 13 heures J'ai posé mon après-midi.

Elle s'était rendue sur le lieu du rendez-vous. Un hôtel chic, un message pour elle à la réception avec un numéro de chambre. Elle avait franchi le seuil et constaté qu'il avait tout organisé : depuis les pétales de rose jusqu'au champagne.

Marc était allongé sur le lit, faussement endormi, le drap dissimulant à peine son corps dévêtu. Offert. Rien que pour elle.

Son cœur battait dans sa poitrine. Comme au premier jour.

Ils s'étaient aimés tout l'après-midi.

Une voix dans son esprit, néanmoins, avait résonné quelques secondes. Il lui sortait le grand jeu alors que, la veille encore, il ne la touchait plus.

Profiter du moment présent ou se pourrir la tête de questions ?

Profiter.

S'aimer.

Il ne manquait plus qu'un enfant pour que leur foyer se transforme en famille. Cette folle escapade marquerait peut-être l'accomplissement de ce projet. Lalie ne concevait pas la vie sans enfants.

En quittant la chambre, elle lui avait dit que, cette fois, c'était la bonne. Elle le sentait. Faire un bébé pendant un rendez-vous coquin était à l'image de leur couple : audacieux.

Tout à son enthousiasme, elle ne remarqua pas que le regard de Marc se voilait.

Chapitre 2

Quelques heures plus tard, Lalie souriait aux anges. Comment avait-elle pu croire que Marc la délaissait ? Elle s'était inquiétée de la distance qui s'installait entre eux : Marc avait trouvé comment la faire rêver de nouveau. Ce genre d'escapade en pleine journée n'était pas dans les habitudes de son mari. Il prenait soin d'elle, mais avait généralement du mal à sortir des sentiers battus.

Lalie pestait chaque année contre la Saint-Valentin. Avait-on besoin d'un jour dans le calendrier pour célébrer son amour ? Ce soir-là, cependant, elle avait oublié toute considération commerciale. Marc avait fait fort.

Lalie s'enroula dans un plaid, elle frissonnait. Le soleil tardait à montrer le bout de son nez. La fatigue et l'angoisse de ces derniers mois expliquaient la morosité qui la saisissait parfois. Le syndrome prémenstruel sans doute aussi.

Après s'être enlisée des années dans un métier qu'elle n'exerçait plus avec conviction, la jeune femme avait pris un congé sans solde. Quelques mois, pour faire le point. Elle aimait écrire, relire les textes des autres. Un goût pour les jolies phrases qu'elle tenait sans doute des profs de français qu'elle avait eus au lycée. Elle avait décidé de suivre une formation, puis de se mettre à son compte comme correctrice. Marc gagnant bien sa vie, ils pouvaient se permettre quelques mois de vaches maigres, le temps pour elle de se constituer un carnet d'adresses.

Autour d'elle, hormis son époux, tout le monde avait eu du mal à comprendre, émis des jugements hâtifs, imaginé qu'elle se planquait hors de la réalité. Elle avait aimé son métier, mais les conditions dans lesquelles il fallait le pratiquer lui étaient devenues insupportables. Gérer des équipes lui plaisait beaucoup, mais le système de la grande distribution ne cadrait plus avec sa manière d'envisager l'épanouissement personnel. Lasse de se lever la boule au ventre, tous les matins, elle avait pris son courage à deux mains. Elle se savait batailleuse, mais avait craint de se retrouver trop longtemps à la charge de son mari. Ce dernier l'avait encouragée, mais elle ne voulait pas s'installer dans une situation de dépendance.

Marc travaillait énormément. D'ailleurs, après avoir pu poser un après-midi, il avait dû repartir précipitamment au bureau. Sur le seuil de la chambre d'hôtel, son téléphone avait vibré. Un dossier urgent venait de tomber, il ne pouvait pas faire autrement que d'y retourner.

— Je suis désolé… ne m'attends pas pour dîner.

— Ne t'en fais pas, j'ai plein de bons souvenirs pour m'aider à tenir le coup, répondit-elle en déposant un long baiser sur les lèvres de l'homme de sa vie.

Elle n'aimait pas ces longues soirées passées seule, à ne pas savoir précisément à quelle heure il rentrerait. Tout ce qu'ils avaient accompli ensemble, ils le devaient également à ce sacrifice-là. Néanmoins, ces derniers temps, elle aurait aimé que son mari ralentisse un peu et soit davantage présent le soir.

Elle avait fini par s'endormir sur le canapé.

La sonnerie du téléphone la tira d'un demi-rêve dans lequel elle se disputait avec ses parents. Hagarde, elle se leva et décrocha.

— Madame Lanzieux ? Gendarmerie de Levens. Je suis navré de vous déranger en pleine nuit, mais votre mari a eu un accident de la route. Il faudrait que vous nous rejoigniez dès que possible à l'hôpital Pasteur de Nice.

En quelques secondes, Lalie était sortie de sa torpeur.

— C'est grave ? Je peux lui parler ?

— Euh, les médecins vous donneront de meilleures indications. Il serait préférable de vous rendre à l'hôpital dès maintenant.

Lalie se demanda si sa vie n'était pas en train de basculer. Elle aurait bien insisté un peu. On ne laisse pas les gens dans l'ignorance, après les avoir réveillés au beau milieu de la nuit. Un mélange d'angoisse et d'incompréhension lui coupa le souffle. Une boule énorme se forma immédiatement dans son ventre. Elle devait faire un mauvais rêve, elle allait se réveiller. Impossible d'émettre le moindre son. Sa bouche refusait de prononcer tout mot supplémentaire. Il suffisait peut-être de ne rien dire pour que ce cauchemar cesse.

— Madame Lanzieux, ça va ? Vous êtes toujours là ?

— Euh, oui…, bafouilla-t-elle d'une voix pâteuse. J'arrive tout de suite.

4 h 27… il était tard tout de même. Ou très tôt. Mais ce n'était pas la seule chose qui clochait. La gendarmerie de Levens ? Cette commune était située à l'autre bout du département. Elle le savait d'autant plus que sa sœur habitait le village à côté. Il y avait si peu de gendarmes qu'il avait fallu en réquisitionner si loin ? Elle se reprocha de ne pas avoir insisté pour obtenir des renseignements sur les circonstances de l'accident. Que s'était-il passé ? À quelle heure ? À quel endroit ?

Si on ne lui avait rien dit, c'était sans doute parce que ce n'était pas si grave. Elle hésita à appeler sa sœur pour lui demander de l'accompagner. En pleine nuit, elle préféra n'affoler personne. D'autant que Lorène mettrait facilement trente minutes à la rejoindre. Réflexion faite, elle irait plus vite toute seule.

Chapitre 3

15 février 2009

Quelques années plus tard, elle aurait oublié le trajet jusqu'à l'hôpital Pasteur, la route qu'elle avait empruntée. Avait-elle respecté les limitations de vitesse, attendu que chaque feu passe au vert ? Elle se souviendrait, en revanche, de l'odeur âcre qui l'avait saisie en entrant dans les locaux, une odeur de fin du monde. Du sien, en tout cas.

Après avoir erré dans un dédale de couloirs, elle avait fini par tomber sur l'accueil des urgences. À bout de forces, elle avait bafouillé le nom de Marc, mentionné un accident, un appel. Elle avait essayé de faire bonne figure, de faire comme si elle savait où il se trouvait cette nuit-là.

On a tous nos petits secrets.

Trop de questions se bousculaient dans sa tête. Cette histoire n'avait aucun sens.

On lui conseilla de s'asseoir dans une salle d'attente, un docteur allait venir. Elle s'étonnait d'une telle sollicitude de la part de la secrétaire qui l'avait reçue. Avait-elle envie de quelque chose ? Un thé ou un jus de fruits ? Non, juste des nouvelles de son mari.

À la mine compassée du chirurgien qui se présenta, elle sut que c'était bien plus grave que tout ce qu'elle avait pu envisager. Elle trouva la force de se lever.

Ils allaient se battre. Ils étaient un couple aimant, solide. Rien ne serait insurmontable.

— Madame Lanzieux, je suis le médecin qui a pris soin de votre époux.

Peu importe ce qu'il allait lui annoncer, ils feraient face. Marc était défiguré ? C'était son âme qu'elle aimait. Marc ne remarcherait plus ? Ils ne seraient pas le premier couple à affronter le handicap. Quand on s'aime, on peut tout surmonter.

— Mon équipe et moi avons tout fait pour le ranimer. Mais ses blessures…

Les mots s'enchaînaient, comme dans une série télévisée ; elle n'entendait plus qu'un bourdonnement indistinct. Elle commença à avoir chaud, son cœur s'emballa…

— … je suis désolé, mais votre mari est décédé.

Trou noir.

* * * *

Quand Lalie se réveilla, une jeune interne lui demanda de ne pas faire de mouvement brusque. Elle s'était ouvert la lèvre. En s'évanouissant, elle avait heurté la chaise de laquelle elle venait de se lever. La douleur irradiait. Elle n'aurait su dire si c'était la blessure ou le choc de l'annonce. De même, le mauvais goût qu'elle avait dans la bouche n'était-il sans doute pas uniquement celui du sang.

— Où est-il ? Je veux le voir, gémit-elle entre deux sanglots.

— Je dois d'abord vous faire quelques points de suture, sinon il vous restera une vilaine cicatrice à vie.

— Ça m'est égal, puisque je n'embrasserai plus jamais personne.

Les souffrances des gens sont à la fois toujours les mêmes et pourtant si différentes. Les soignants pansaient les plaies de leurs patients. Elles cicatrisaient le plus souvent de manière satisfaisante. Mais celles qui faisaient le plus mal ne se voyaient pas forcément à l'œil nu. Cette soirée-là resterait gravée plus profondément que la malheureuse entaille qu'on s'apprêtait à recoudre.

— Vos parents sont en route. Ils ne devraient plus tarder.

— Ah, merci, réussit à articuler Lalie entre deux sanglots. Nous avons passé un si bel après-midi, et maintenant, il est mort. Il ne me reste plus rien.

Le visage de la jeune femme était ravagé par les larmes, et elle se tordait les doigts. Sans doute pour transférer un peu de sa douleur à une autre partie de son corps.

— Le chirurgien doit revenir vous voir d'un instant à l'autre, hasarda l'interne.

— C'est étrange, j'aurais presque l'impression que vous me cachez quelque chose. D'ailleurs, pourquoi avez-vous contacté mes parents ? Et pas ceux de Marc ?

— Attention, je vais vous faire une légère anesthésie, ça va piquer quelques secondes, l'interrompit l'interne pour changer de sujet.

Chapitre 4

Tout s'embrouillait dans la tête de la jeune femme. La douleur l'empêchait de raisonner correctement. Que faisait Marc aussi loin de chez eux, aussi loin de son travail ? Ils n'allaient presque jamais dans ce coin-là du département. Sauf pour… Lalie se leva d'un bond : ça n'avait pas de sens.

C'est alors que le chirurgien revint. Il semblait triste et gêné. Elle se demanda ce que ces gens pouvaient ressentir à annoncer de telles nouvelles, si les bonnes suffisaient à compenser les mauvaises. Ils devaient se forger des carapaces en titane.

— Madame Lanzieux, comme j'avais essayé de vous l'expliquer, je suis le médecin qui a tenté de sauver votre époux. Son pronostic vital était déjà trop engagé quand il est arrivé dans notre service. La voiture a heurté l'obstacle du côté passager, et ça lui a été fatal. L'airbag latéral ne s'est pas déclenché.

— Je ne comprends pas. Vous me dites que c'est le côté passager qui a pris. Comment ça a pu tuer Marc ?

— Madame Lanzieux, votre mari ne conduisait pas. La conductrice, elle, n'a que quelques contusions. Elle est en observation, mais c'est surtout pour la forme. C'est un réel miracle qu'elle s'en soit tirée à si bon compte.

« La conductrice » ? Lalie avait tenté de dissimuler son incompréhension. Elle ignorait totalement de qui il pouvait bien s'agir. Le médecin l'avait accompagnée jusque devant un box des urgences, la prévenant que la patiente s'était assoupie.

Qui pouvait bien accompagner Marc ? Qui pouvait bien trouver la sérénité suffisante pour dormir, alors même que Marc ne se réveillerait plus jamais ? Qu'allait-elle bien pouvoir dire à cette personne.

Lalie tira le rideau, et ce qu'elle vit la laissa pantoise.

Lorène. Sa sœur.

Voilà qui avait appelé leurs parents.

Cet aspect de l'histoire s'éclairait.

Mais que diable pouvait-elle bien faire dans cette voiture ? Marc avait-il passé la soirée avec elle ? Voilà qui expliquait sans doute le lieu de l'accident. C'était ça, son urgence de fin de journée ? Quel immonde connard ! Comment avait-il pu faire l'amour avec elle, tout l'après-midi ? Pour aller ensuite rejoindre sa sœur…

Ça n'avait aucun sens. Marc y était forcément allé pour une autre raison. Mais laquelle ? Et pourquoi sans rien lui dire ? Depuis quand Lorène et lui étaient-ils proches au point de se retrouver en pleine nuit ?

Lalie ressassait la situation. Ils étaient amants…

Voilà qui venait éclairer toutes les zones d'ombre, tous les mauvais pressentiments qui la hantaient depuis des semaines.

Mais avec sa propre sœur…

Elle aurait bien hurlé après Marc, mais il était mort… Elle avait envie d'étrangler sa cadette, de la traîner par les cheveux.

Ses parents allaient arriver. Elle ne se voyait pas leur annoncer à la fois la mort de Marc et la duplicité de Lorène. Son père était cardiaque, elle craignait que cette soirée ne se termine encore plus mal.

Elle aurait voulu poser la question qui lui brûlait les lèvres, mais elle se retint. Un excès de pudeur sans doute. Elle n'en revenait pas. Avoir été trahie par sa propre sœur. Alors qu'elle la pensait son alliée de toujours, celle à qui elle pouvait tout confier. Enfin, de toute évidence, pas son propre mari…

— Lalie, Dieu merci, tu es là ! Comment va Marc ? Tu as pu le voir ?

Elle ignorait qu'il était mort. Rien ne lui serait donc épargné. Elle allait aussi devoir l'annoncer elle-même à cette traîtresse.

— Oui, je l'ai vu… Les médecins ont fait de leur mieux, mais Marc est mort ! Il… est mort.

Lorène pâlit, réfréna un premier hoquet, puis s'effondra en sanglots.

— C'est ma faute, tout est ma faute. Lalie, je suis tellement désolée.

— Ah ça… tu peux l'être. Je n'en reviens pas que vous m'ayez caché ça…

— Oh, tu sais tout alors ? balbutia Lorène.

Des émotions violentes et contraires secouaient Lalie. Elle sentait la bile lui remonter le long de l'œsophage. Le monde autour avait disparu, elle n'entendait plus rien. Elle ne voyait qu'une chose : sa sœur. Et elle la détestait.

— Je sais, en effet, rajouta-t-elle. Et votre attitude m'écœure. Comment vous avez pu manigancer ça dans mon dos ?

— Quand il est venu ce soir, je lui ai dit que ça avait assez duré, qu'il devait te parler.

— Ah oui ? Et ça dure depuis combien de temps, cette histoire ?

Lorène semblait gênée. Sans doute anticipait-elle une réaction virulente de sa sœur.

— Depuis le mois de décembre. Mais Marc n'a pas eu le cœur de te le dire avant les fêtes. Il ne voulait pas gâcher Noël, il sait à quel point ça compte pour toi.

Lalie ricana… quelle délicatesse !

— Mais aujourd'hui, c'était mieux d'après toi ? Après avoir baisé tout l'après-midi ! Bonne Saint-Valentin !

L'horreur de la situation avait placé dans la bouche d'une romantique comme Lalie des mots d'une crudité inhabituelle. Les yeux de Lorène s'en arrondirent de surprise.

— Il n'y a pas de moment idéal, tu as raison, tenta-t-elle de tempérer. C'est bien ce que j'ai dit à Marc. Ça ne pouvait plus durer, tu avais le droit de savoir.

— Et toi, tu ne pouvais pas me le dire ? J'avais toute confiance en toi, Lorène. Tu as toujours été plus qu'une sœur. Comment as-tu pu ? Comment avez-vous pu ?

— C'était à lui de le faire. Il m'avait fait promettre de me taire. Et, crois-moi, ça n'a pas été facile de faire semblant.

— Insiste un peu et je pourrais te plaindre, lui balança Lalie, la voix teintée d'une amère ironie.

Un relatif silence s'installa entre les deux sœurs, parfois entrecoupé d'un sanglot, ou d'un reniflement.

— Peu importe. Marc est mort, et ce secret va mourir avec lui, tu m'entends ! Papa et maman vont arriver d'une minute à l'autre. Inutile d'en rajouter et de les tourmenter avec tout ça, de mettre les gens mal à l'aise au moment des funérailles. Tu vas te comporter en sœur blessée, en belle-sœur affectée. Mais je t'interdis d'endosser un autre rôle, c'est compris ?

— Mais quel autre…

— Si tu respectes un tant soit peu mon chagrin, Lorène, je t'en conjure, ferme-la.

Lalie avait déjà commencé à ramasser les vêtements de sa sœur, à rassembler ses quelques effets personnels. Leurs parents allaient arriver, il suffirait de dire que Lorène les avait devancés. Elle garderait pour elle le secret de cet accident et enterrerait dans un seul cercueil Marc et ce qu'elle aurait voulu ne jamais avoir à nommer. Une liaison entre sa sœur et son mari… C'était un cauchemar, sans nom.

— Maintenant, rhabille-toi. On va planquer la bosse que tu as sur le front avec un peu de fond de teint. Ensuite, on ira jouer la comédie de la famille soudée devant papa et maman, ordonna Lalie à sa cadette.

Lorène n'insista pas. La détresse de sa sœur était bien trop forte. La sienne également : elle avait eu un accident, et les conséquences étaient épouvantables.

Rien d'autre n'avait d'importance ce soir-là. Rien ne leur rendrait Marc.

Mettre en scène cette partie de l'histoire permettait à Lalie de ne pas flancher complètement. Elle ne pouvait se permettre de s'effondrer, sous peine de voir sa fierté se désintégrer en même temps que son cœur. D'autant qu'elle devait désormais appeler les parents de Marc et prononcer ces mots terribles, qui scelleraient à jamais cette nouvelle réalité, dans laquelle son mari n'existait plus.

À leur arrivée, les parents des deux jeunes femmes ne perçurent rien du malaise ni de la distance qui s'était déjà installée entre leurs deux filles. Le choc de la situation était si violent que seuls la perte de leur gendre et le chagrin de leur aînée avaient de l'importance. Ils ne pouvaient se douter du second drame qui venait de se jouer.

Chapitre 5

Les jours qui avaient suivi, Lalie avait oscillé entre plusieurs états d'âme très opposés. Apprendre le même jour la mort de son mari et l'existence de sa liaison avait été épouvantable. Ajouter l'identité de la maîtresse à cette sordide équation avait fini de noircir le tableau. Sa sœur, sa propre sœur… Comment n'avait-elle rien vu ? Comment cela s'était-il produit ? S'aimaient-ils ? Prévoyait-il de la quitter ?

Autant de questions qui tournaient en boucle dans sa tête sans jamais pouvoir y apporter une réponse satisfaisante. Elle ne se sentait pas capable de demander des éclaircissements à Lorène. D'ailleurs, elle n'avait répondu à aucun des appels de sa sœur, avait feint d'être absente les trois fois où elle était venue frapper à sa porte.

Les parents de Marc l'avaient accompagnée dans cette épreuve ; ils l'avaient aidée à organiser les funérailles, à abattre la masse de formalités administratives. Aimant beaucoup leur belle-fille, ils s'étaient montrés patients et attentifs.

Marc était leur fils unique, ils étaient anéantis. Mais ils avaient formé un bloc solide et l'avaient soutenue de leur mieux.

Lalie s'en était servie comme prétexte pour mettre sa propre famille à distance. Elle ne voulait pas voir sa sœur, et mentir à ses parents lui faisait énormément de mal. Ces derniers, ne voulant pas s'immiscer dans le deuil d'un fils, avaient gardé leur place de beaux-parents. Eux aussi aimaient Marc ; tout le monde aimait Marc. En revanche, ils avaient su ne pas se montrer envahissants, ce qui avait fait le jeu de Lalie.

Les funérailles furent un moment déchirant, au sens littéral du terme. Lalie se sentait écartelée entre la douleur du décès de celui qu'elle considérait être son âme sœur, et une colère épouvantable qui lui rongeait jusqu'aux entrailles. Tout le monde la soutenait, mais nul ne savait, nul ne pouvait comprendre. La seule qui aurait pu était la dernière personne que Lalie pouvait tolérer à ses côtés.

Quand on procéda à la dispersion des cendres de Marc, le cri strident de son épouse retentit dans les allées du jardin du souvenir. Un cri bouleversant qui remua les tripes de tous ceux présents ce jour-là, qui fit même verser beaucoup de larmes. Lalie cria plus qu'elle pleura. De dépit. De rage de ne pouvoir demander à son mari de lui donner des explications plausibles à tout ce gâchis. Il l'avait payée fort cher, son inconséquence. Il l'emporterait au paradis, comme on disait. Enfin, s'il en trouvait le chemin.

Lalie joua la comédie ce jour-là, elle cacha au plus profond d'elle-même les vraies raisons de son désarroi. Elle s'employa à ne croiser sa sœur qu'au minimum. Elle ne quitta pas ses beaux-parents d'une semelle, ce qui lui fournissait un alibi imparable. Ainsi, personne ne s'étonnerait de la distance entre la jeune femme et sa propre famille. Elle soutenait M. et Mme Lanzieux dans leur perte : on la trouva admirable.

« Je lui interdis de souffrir, ce n'était pas son mari. Je le lui interdis », avait-elle hurlé pour elle seule, une fois rentrée des funérailles. Dans la solitude de ce logement qu'elle détestait à présent, elle avait commencé à empaqueter toutes les affaires de Marc, dans une sorte de fureur. Faire table rase. La mort de son époux n'était finalement qu'un phénomène semblable à la disparition des oasis en plein désert : un mirage. Elle avait décidé de ne pas souffrir, elle non plus. Comme si le décider était suffisant…

Elle employa toute son énergie à ne pas penser que ce traître n'avait eu que ce qu'il méritait. Elle ne pouvait tout de même pas devenir un monstre. On ne peut ni interdire la souffrance, ni penser que la trahison justifie la mort de quiconque. Tous ces cahots compromettaient toute possibilité d'opérer un vrai deuil. Tant de choses étaient mortes avec Marc.

Les jours qui suivirent, Lalie disparut. Elle s'isola. Elle demanda à ses parents de la laisser souffler quelque temps. Elle prétexta avoir besoin d'espace, de calme. De silence.

Elle voulait surtout éviter sa sœur.

Lorène avait une fois de plus tenté d'appeler, de passer. Elle comprenait que Lalie lui en veuille. Elle aussi avait beaucoup perdu ce 14 février. Marc emportait avec lui un peu de chacun d'eux. Lorène se demanda si ses liens avec Lalie ne s'étaient pas rompus pour toujours.

Elle essaya aussi la voie du courrier, plusieurs fois. Ce qu'elle ignorait, même si elle n'avait eu que peu d'illusions, c'est que Lalie déchirait, sans même les décacheter, les lettres qu'elle avait reçues de sa part.

Cela pouvait sembler ridicule. Comment pouvait-on préférer ignorer la vérité, ne pas chercher à connaître le fin mot d'une telle histoire ?

Lalie craignait d'ouvrir la boîte de Pandore.

De guerre lasse, Lorène avait sauté sur une offre d'emploi le mois qui avait suivi l'accident. Elle avait juste emporté une valise et avait quitté la France du jour au lendemain, direction l'Espagne, afin de coordonner le lancement d'une chaîne de pizzerias. Elle étouffait sous le poids de la culpabilité : peut-être la distance permettrait-elle aux deux femmes de se reconstruire doucement.

Leurs parents s'étaient un peu offusqués : « Tu ne peux quand même pas partir maintenant et laisser ta sœur », mais Lalie avait soutenu le projet de sa cadette. Au grand étonnement de tous. Sauf de Lorène qui avait perdu, elle aussi, le sourire, le jour du drame. C'est à peine si elle parlait encore. Tout le monde trouvait fort émouvant que les deux sœurs partagent à ce point ce terrible événement. Nul ne savait que tout les séparait désormais.

Quelques lettres étaient encore arrivées d'Espagne. Et, un jour, il n'y en avait plus eu.

Pour des raisons financières, Lalie n'avait pu se permettre de vendre l'appartement. Marc et elle étaient suffisamment bien assurés : elle n'avait plus que sa part des traites à honorer. Une grosse somme avait été débloquée à la mort de son mari. L'assurance vie de ce dernier la mettrait à l'abri pour quelques années. Néanmoins, elle ne pouvait se résoudre à utiliser de l'argent venant de lui.

Alors elle s'était débarrassée de tout, jusqu'à une bonne partie du mobilier. Le lit, en premier. Puis tous les cadeaux qu'il avait pu lui faire, le moindre souvenir rapporté de chacun de ses déplacements. Elle avait rempli de grands sacs, scotché des cartons et tout donné à une association caritative. Dans cet appartement presque vide, elle avait l'impression de mieux respirer.

Un beau matin de septembre, elle avait acheté tout le matériel nécessaire afin de repeindre les murs. Là encore, elle avait opéré un virage à cent quatre-vingts degrés. Leur appartement si original et si chaleureux allait devenir blanc. Chaque mur. Comme autant de pages vierges à réécrire. Et pourtant, l'angoisse de la page blanche n'avait jamais été aussi forte que ce jour-là.

Lalie enfila un vieux survêtement, des baskets, retroussa ses manches, prête à en découdre avec cette grande opération de ravalement. Elle n'avait demandé d'aide à personne pour ne pas avoir à justifier son choix.

Si elle était fatiguée de porter cet abominable secret, elle l'était encore plus de devoir dissimuler chaque jour, pour ne pas ternir l'image de Marc. Elle n'en pouvait plus de tenir un discours mensonger. Alors elle avait fait le vide autour d'elle. Elle avait fait en sorte de mettre tout le monde à distance. Et les gens, lassés, avaient fini par reprendre le cours de leur vie. Sans elle.

Au moment de commencer, elle décida de s'attacher les cheveux. Elle ouvrit un des tiroirs du buffet de la salle à manger, sorte de cachette à bazar où elle déposait tout ce qui la gênait, en se promettant de le ranger ensuite à la bonne place. Elle fouilla. *Ce serait bien le diable de ne pas trouver là un élastique.* C'est alors que sa main tomba sur leur photo de mariage. Elle avait oublié l'avoir cachée là.

Elle ne put réprimer le premier hoquet ni le second. Les larmes s'invitèrent sans qu'elle puisse les refouler. C'était trop ! Elle fut prise d'une envie folle de tout casser. Mais de casser quoi ? Elle avait déjà débarrassé son espace de presque tout. Alors, comme le héros de ce film qu'elle aimait tant, elle sortit de son appartement, descendit les quatre étages en trombe, s'engouffra dans la rue et commença à foncer droit devant elle. Lalie avait toujours été sportive, mais elle détestait courir. Elle n'en voyait pas l'intérêt, trouvait cette activité un peu vaine. Et surtout très douloureuse.

Ce jour-là, il lui sembla que c'était la seule chose qu'elle était en mesure de faire : fuir et se faire mal à la fois.

Chapitre 6

Un an après l'accident…
14 février 2010

Depuis quelques semaines déjà, on ne voyait plus que ça. Des publicités pour la Saint-Valentin. Partout. Pour elle, ce jour était associé au plus douloureux des souvenirs de son existence.

La seule chose à laquelle cela renvoyait Lalie, c'était une date anniversaire. Un an de chagrin, un an à vouloir se taper la tête contre les murs. Le 14 février 2009 avait été le dernier jour heureux, celui où tout était encore possible. Cet après-midi-là, à l'hôtel, avait été si beau… mais elle avait payé cher ce moment d'abandon. Quelques heures après, elle était veuve, cocue et privée de sa sœur. Comment autant d'épreuves avaient-elles pu s'abattre sur sa personne en l'espace de quelques heures ?

Pendant que la France entière semblait s'affairer autour de cette fête célébrant l'amour à coups de boîtes de chocolats, de dîners au restaurant et sans doute de demandes en mariage, Lalie préparait un petit sac.

Elle avait un rendez-vous. Elle vérifia qu'elle n'était pas trop maquillée, que sa tenue était jolie, mais sobre et confortable. Un tailleur gris anthracite tout simple lui avait paru parfaitement adapté. L'hiver n'était pas trop rigoureux, il lui suffirait d'un manteau en laine pour ne pas avoir froid. Elle ajouta une touche de parfum, sucré à souhait. Elle se demanda un instant si elle était vraiment prête. Et en conclut qu'elle devait le faire.

Elle prit les clés de sa voiture, jeta un dernier regard à son reflet dans le miroir et claqua la porte derrière elle. Elle dévala les escaliers et se retrouva dans la cohue de son quartier. Elle traversa la rue et entra chez un fleuriste. Elle errait au milieu des bouquets quand une charmante employée s'approcha :

— Je peux vous aider ?

— J'imagine que oui, répondit Lalie. J'ai du mal à me décider, en fait.

— C'est pour une amie ? Votre tante ? Votre mère ?

— Non, c'est pour un homme…, bredouilla la jeune femme, décontenancée.

— Ah, mais bravo ! s'extasia la fleuriste. J'adore ! Nous avons le droit d'offrir des fleurs aux hommes le jour de la Saint-Valentin, nous aussi !

Lalie aurait aimé que la jeune employée se taise. Elle était extrêmement mal à l'aise. Déjà qu'elle avait beaucoup hésité… Elle rêvait juste de quelque chose d'intime, de secret même. Là encore, elle n'avait osé en parler à personne… de peur d'être incomprise. Cela faisait un an, tout de même. Et puis mince, cela ne regardait qu'elle. D'ailleurs, avec le vide qu'elle avait creusé autour d'elle, elle voyait mal à qui elle aurait pu confier ce qu'elle s'apprêtait à faire.

— Oui, oui, stop aux clichés, essaya de plaisanter Lalie.

— Bon, que je vous conseille au mieux… vous êtes amoureuse ?

Lalie sentit une énorme boule se former dans sa poitrine. Elle ne savait pas, ce n'était pas si évident que cela.

— Vous savez quoi ? Je vais jouer avec les clichés justement, et vous prendre un gros bouquet de roses rouges. Et une carte. Je vais profiter de ce que vous préparez le bouquet pour écrire dessus.

Elle prit un air très concentré, espérant ne pas être obligée de poursuivre cette conversation. Le petit mot terminé, elle le glissa dans une enveloppe, régla ce qu'elle devait, attrapa le bouquet et réprima une envie de fuir en courant. Elle n'entendit qu'à peine le « Joyeuse Saint-Valentin » qu'on lui souhaitait.

Le chemin lui sembla terriblement long, et elle hésita plusieurs fois à faire demi-tour. Elle doutait de plus en plus d'en être capable. Pourtant, n'était-ce pas la seule manière de passer à autre chose ? En plus, elle détestait ces routes d'arrière-pays qui se tortillaient et lui donnaient la nausée. Elle n'était plus très loin et elle s'aperçut que ses jambes tremblaient malgré elle. Aurait-elle le courage d'aller jusqu'au bout et de mettre des mots sur tout ce qui lui pesait ?

Elle gara la voiture. Elle sentit que c'était là. Elle savait que les parents de Marc y venaient régulièrement et qu'ils y déposaient toujours une fleur. L'endroit où l'accident avait eu lieu et où leur fils avait perdu la vie.

— Tu vois, je viens à toi. Un an après. On a des choses à se dire tous les deux. Je t'ai apporté des roses rouges... Eh oui, me voilà à passer la Saint-Valentin sur une route isolée. Avec pour tout amoureux, le souvenir de mon mari. Sans comprendre pourquoi, au moment de ta mort, tu te trouvais avec ma sœur. Après avoir passé l'après-midi dans mes bras... À faire l'amour... À rire! Tout ça était donc feint?

Lalie pleurait à torrents, ses mots s'étranglaient à moitié dans sa gorge. Elle sortit un mouchoir, se moucha bruyamment et reprit de plus belle, hurlant presque, à celui qui ne répondrait jamais.

— Comment tout ça a pu arriver? Vous vous aimiez? Tu projetais de me quitter? Ma sœur, Marc! Merde, il n'y avait pas assez de femmes sur terre pour que tu en choisisses une autre? Alors j'ai décidé de venir te dire « au revoir », un an après. De te dire que je vais tourner la page.

Elle revint à la voiture et récupéra le bouquet et la carte. Elle prit aussi dans le coffre un rouleau de fil de fer qui lui servit à accrocher les fleurs sur l'arbre que le véhicule avait percuté dans sa course folle, l'année précédente.

Elle avait aimé Marc. Et la colère l'empêchait de faire son deuil. Non qu'elle eût voulu rencontrer quelqu'un – elle avait décidé de tirer un trait sur les relations amoureuses –, mais au moins pour pouvoir se reconstruire et profiter de tous les petits bonheurs du quotidien.

Autour d'elle, tout le monde avait repris le cours de sa vie. Elle avait régulièrement des nouvelles de Lorène par ses parents : en un an, elle avait été promue responsable d'un restaurant et venait de s'installer avec un jeune Espagnol. Un client un peu mécontent à qui elle avait proposé un dîner en tête à tête afin de lui faire oublier un service qui s'était avéré désastreux ce soir-là.

Devait-elle se réjouir pour sa sœur ? Continuer à la détester ? En tout cas, elle n'arrivait pas à comprendre que sa cadette ait réussi à retomber amoureuse. Avait-elle déjà oublié Marc, tandis que Lalie continuait à souffrir de son absence ?

Ses larmes se remirent à couler. Elle avait beau essayer de comprendre, il subsistait trop de zones d'ombre. Désormais, elle regrettait de ne pas avoir questionné Lorène davantage, de l'avoir laissée partir. Quand elle parvenait à faire abstraction de la présence de sa sœur ce soir-là (et de ce que cela impliquait), elle devait reconnaître qu'elle lui manquait terriblement.

Lalie était partagée entre une peur sourde de passer à autre chose et le soulagement d'être venue, seule, jusque-là. À l'endroit où son monde s'était effondré. Et d'où elle pensait que pourrait venir la délivrance.

Sous l'arbre, comme elle l'espérait, la terre était meuble. Elle avait apporté la petite pelle qu'elle utilisait pour les jardinières de son balcon, et elle se mit à creuser. Quand le trou fut assez profond, elle y déposa la carte. Elle remit la terre par-dessus et scella ainsi le message.

Ce qu'elle y avait écrit ? Un secret qui resterait entre elle et Marc.

Chapitre 7

Novembre 2012

Fatiguer le corps pour raviver l'esprit, voilà la résolution qu'elle avait adoptée depuis tout ce temps.

Des années s'étaient écoulées, et pourtant parfois, ça la frappait encore en plein visage. Son absence. Tout ce qu'ils avaient partagé. Le manque, et la colère aussi. L'impossibilité de pardonner, mêlée à ce désir, toujours le même, de se blottir dans ses bras. Le plus clair du temps, elle parvenait à vivre avec. Ou plutôt sans, d'ailleurs… Mais de temps à autre, au détour d'une phrase ou d'une odeur, ça revenait la hanter, sans crier gare.

Lalie enfila ses baskets et se regarda dans le miroir en pied qui trônait dans son entrée. Comme elle avait changé ! Ses traits étaient plus fins, mais plus durs aussi. Elle avait beaucoup minci depuis qu'elle pratiquait la course à pied. Mois après mois, elle avait couru plus loin, plus longtemps, plus vite. D'abord pour se vider la tête, pour oublier ce qu'il lui avait fait. Sans doute pour se faire souffrir. Ne méritait-elle pas ce qui lui était arrivé ? N'avait-elle pas été elle-même dans cette situation hasardeuse ? Après tout, Marc était marié quand elle l'avait rencontré…

Elle contrôlerait son corps mieux qu'elle l'avait fait avec sa vie. Elle prenait un plaisir extrême, presque malsain, à le voir se modifier, se sculpter. Ses jambes étaient ciselées, sa poitrine était certes plus menue, et ses côtes saillaient légèrement. Mais elle ne s'était jamais sentie aussi maîtresse d'elle-même.

L'interphone la sortit de ses pensées.

— Je suis prête, je descends.

Son amie Maggy l'accompagnait assez souvent, bien que le sport ne soit pas son activité favorite. Lalie avait noué quelques nouvelles relations. Des gens qui, comme Maggy, ignoraient presque tout, en dehors du fait qu'elle était veuve depuis plusieurs années. L'histoire avec sa sœur restait son secret. Elle n'en avait plus dit un mot depuis lors.

Pourtant, même si Maggy ne connaissait que les contours de cette époque tragique de la vie de son amie, elle pressentait que cette manière acharnée que cette dernière avait de courir ne présageait rien de bon. Alors elle l'accompagnait dès que possible. Une façon de faire un peu d'exercice tout en veillant à ce que Lalie ne tire pas trop sur la corde.

Celle-ci mit un coupe-vent et claqua la porte derrière elle. Maggy l'attendait dans le hall d'entrée, affublée d'un énorme bonnet. Lalie aurait juré l'entendre claquer des dents.

— On peut toujours changer d'avis et aller se payer un vin chaud ou un chocolat viennois quelque part, tu sais.

— Maggy, tu ne vas pas recommencer ! Tu t'es mis en tête de m'espionner… eh bien, tu n'as pas d'autre choix que de courir avec moi. Et puis, tu as progressé ces dernières semaines. Qui sait si tu ne seras pas prête pour participer au marathon cette année.

— Tu es dingue, Lalie, tu es dingue. Si tu veux, je t'attendrai dans un café à l'arrivée. Le marathon… et puis quoi encore ?

— C'est en novembre prochain, on a encore presque un an. M'attendre à l'arrivée, tu l'as déjà fait cette année, il faut te renouveler. C'est comme pour ton mec, tu vois…

— Ouais, c'est bon, on est là pour courir ou bien ? l'interrompit son amie en ouvrant la porte de l'immeuble.

Lalie n'aurait jamais cru pouvoir réussir un tel challenge. Le sport, oui, mais la course… elle n'y avait jamais trouvé le moindre plaisir auparavant. Et pourtant, quel pic d'endorphines ! Elle adorait ce que son corps dégageait après l'effort. Elle n'avait jamais rien connu d'aussi intense. Hormis le sexe. Mais plus personne n'avait posé la main sur elle depuis cet après-midi-là.

Dans la rue, il ne faisait pas si froid finalement. L'avantage d'habiter Nice. Même en plein mois de novembre, le soleil trônait dans un ciel dégagé.

Elle leva le nez, huma l'air et décida que c'était une belle journée pour être heureuse.

Ce fut à ce moment précis que le choc se produisit. L'impact, pour être plus précis.

Chapitre 8

Lalie, tout occupée à tancer son amie, s'était engagée sur le trottoir, oubliant la possibilité que des gens puissent également l'emprunter.

C'est ainsi que son chemin rencontra celui de Léo pour la première fois.

Une boîte de gâteaux vola littéralement, et tout son contenu se répandit à terre.

— Eh merde ! M'étonnerait que mes macarons aient survécu à ça !

Lalie ne vit que ses yeux, bleu acier. Extrêmement froids. Comme la voix grave qui se fit soudain entendre :

— Les gens comme vous, ça pense être seul au monde. J'y crois pas… une vraie brindille, et ça écrabouille mon dessert, baragouina l'apparition.

— Je suis désolée, mais vous avez surgi de nulle part et…

— De nulle part ? C'est une blague ! Je marchais tranquillement quand… Non, mais laissez tomber… enfin, ça, c'est déjà fait…

— Je suis confuse. Je peux vous acheter d'autres gâteaux. Vu l'adresse sur la boîte, ils viennent de la pâtisserie du coin. Donnez-moi deux minutes, je reviens.

— Laissez tomber, je vous dis… je ne vais pas en plus me mettre en retard.

Lalie n'eut pas le temps de protester. Dans son champ de vision, une démarche assurée et une nuque. Tatouée. Des oiseaux en plein envol et une citation qu'elle ne put déchiffrer.

— Non, mais comment peut-il y avoir autant d'agressivité dans une seule personne ? Pour quelques malheureux gâteaux en plus. On devrait d'ailleurs vérifier s'il n'y a rien à sauver. Lalie, tu m'écoutes ?

Elle n'écoutait pas, non. Elle suivait le vol des oiseaux. Son cœur venait de recommencer à battre. Le sang s'était remis à circuler dans ses veines. Et soudain, elle avait chaud.

Le désir la submergea. Toucher sa peau. Savoir ce qui était inscrit sur cette nuque.

— Tu as raison, Maggy. Et si on reportait cette séance de running à demain ?

Son amie, trop heureuse d'esquiver la corvée, ne se fit pas prier. Elle ne remarqua même pas le trouble qui s'était emparé de Lalie.

— Et si on montait ces macarons et qu'on les accompagnait d'un bon thé vert ?

— Ce que j'aime avec toi, ma chérie, ce sont nos matinées détox, se moqua Maggy.

Elle avait rencontré Maggy, une jeune femme drôle et positive, quelques mois après la mort de Marc. Tout avait commencé dans un supermarché alors que Lalie pestait à haute voix contre les étiquettes de certains produits. Trop de sucre, trop de gras, trop de conservateurs. Une jolie femme noire aux formes délicieuses avait fini par éclater de rire et avait suggéré d'acheter des glaçons. Juste avant d'ajouter de faire attention : eau minérale ou eau de source ? Lalie, légèrement pincée, s'était lancée dans une diatribe sur les dérives de l'industrie agroalimentaire. Maggy s'en fichait, mais elle avait tout de suite vu qu'elle allait devenir amie avec cette fille, pourtant aux antipodes de sa propre personnalité. Alors, quand l'autre avait enchaîné sur les dangers pour l'homme de la consommation du lait de vache, elle avait répliqué la chose la plus sensée qui pouvait exister :

— Tu as raison ! Et si on allait se boire une bonne bouteille de vin ! Je connais un resto très sympa qui ne se fournit que chez des exploitants locaux ! Garanti sans sulfite.

Maggy avait sorti le premier composant chimique qui lui était passé par la tête, et c'est ainsi que leur amitié avait démarré, comme un coup de foudre.

Lalie avait d'abord soigneusement omis de parler de son mari. Elle avait eu envie de tirer un trait sur certaines choses, de ne pas passer ses journées à lire dans les yeux des gens ce qu'elle pensait forcément être de la pitié. Ni de les entendre dire : « Ah, Marc et toi formiez un si joli couple », alors qu'une vipère persiflait en son sein : la colère.

Avec Maggy, elle écrivait une nouvelle page de son histoire. Cela n'effaçait pas le reste, mais ça permettait de souffler. Même si le mensonge sur lequel elle s'était construite l'avait complètement enfermée, elle n'était pas prête à assumer la vérité.

— Y a pas idée de gâcher des douceurs venant de cette boulangerie, grognait la jeune femme. Regarde, j'en ai récupéré cinq. Tu nous prépares un thé pour les accompagner ? Détox, évidemment.

Lalie s'amusait à regarder Maggy tenter de sauver les macarons de la boîte. Cette fille était un concentré d'énergie, et qui ne la connaissait pas aurait pu imaginer qu'elle était l'assurance incarnée. Mais Maggy avait ses faiblesses et, après une demi-bouteille de chardonnay (ça se buvait par demi-bouteille, non ?), elle pouvait vous dresser le bilan de tout ce qui lui pourrissait la vie.

En premier lieu, sa chevelure crépue et sa magnifique peau noire. Ce qui, aux yeux de Lalie, faisait d'elle une véritable beauté avait été la raison de nombreuses blessures. Pendant ses années d'écolière, dire que ses camarades de classe n'avaient pas été tendres relevait de l'euphémisme. Surtout dans une région où la diversité n'était pas toujours bien vue. Elle avait été affublée d'un certain nombre de sobriquets, plus infâmes les uns que les autres. On avait comparé la couleur de sa peau à celle de la merde, on lui avait dit qu'elle descendait du singe, proposé des bananes. Elle avait beaucoup pleuré, demandé aux adultes de lui rendre justice. Mais, entre ses parents qui lui conseillaient de ne pas faire de vague et ses enseignants qui grondaient mollement ses camarades, elle avait fini par détester sa couleur de peau. Elle avait d'ailleurs fait tous les efforts du monde pour lisser son accent qui rappelait ses origines guadeloupéennes. Elle avait aussi raccourci son prénom. Maggy était en fait Magali-Noëlle ; et, si elle prétendait que c'était juste trop long, elle rêvait sans doute de se fondre dans la masse. Si aujourd'hui elle ne détestait plus être noire, elle aurait cependant voulu que la couleur de peau ne soit pas un sujet de conversation. On ne faisait jamais remarquer à un Blanc qu'il l'était. En revanche, tout dans la société française lui rappelait à un moment ou un autre qu'elle ne l'était pas.

Toute cette méchanceté à son égard avait provoqué ses crises de boulimie ; le sucre était devenu un refuge, une drogue en accès libre dans tous les rayons de supermarché. Si cette époque était loin derrière elle, la crainte d'une rechute ne la quittait pas. Alors se forcer à courir avec Lalie constituait un bon rempart à cette angoisse. Persuadée qu'elle ne méritait pas de plaire à un homme, elle semblait se contenter des pires spécimens croisés sur des sites de rencontres. Lalie ne lui connaissait que des aventures foireuses qui tournaient toujours au vinaigre.

— Tu as fini par supprimer ton compte *Be my Boy* ? demanda Lalie tout en sortant une boîte d'un thé noir aux écorces d'orange.

— Disons que je l'ai juste suspendu… on ne sait jamais…

— En effet, pourquoi risquer de rater des types prêts à te faire perdre ton temps ?

Les deux copines parvenaient à se parler franchement sans jamais vexer l'autre. Lalie aimait tellement son amie. Elle aurait préféré la voir cesser de s'entêter avec des mecs qui la confortaient dans sa trop fragile estime d'elle-même. Il ne servait à rien de chercher à combler la solitude à toute force. Et Lalie ne cessait de lui répéter qu'il n'était pas nécessaire d'avoir un homme dans sa vie pour être heureuse.

— Tu as raison, railla Maggy, je vais sortir avec une femme. Je suis certaine que là, au moins, on se comprendra.

— Si ça te fait quitter ce site ridicule, ma foi, je ne vois pas où est le mal.

Le sourire crispé qui s'afficha sur le visage de son amie ne trompa pas Lalie. Elle commençait à connaître Maggy sur le bout des doigts, et celle-ci lui cachait quelque chose.

— En fait, j'ai eu une super discussion avec ma voisine de palier, Khadija.

— Ah oui, elle est terrible, cette nana ! J'adore sa manière de parler de son mari et de ses mômes. Si une blogueuse n'y avait pas pensé avant, elle aurait pu écrire un truc très drôle dans la mouvance de toutes ces mères décomplexées.

— Voilà. Elle ne comprend pas comment je peux vivre seule – alors qu'elle passe son temps à dire qu'elle revendrait volontiers toute sa famille contre un virgin mojito et un hammam au calme.

— C'est dingue, toutes ces nanas qui veulent te faire culpabiliser…

— Mais tais-toi deux secondes, Lalie ! Laisse tomber ces discours féministes auxquels je suis certaine que tu ne crois pas toi-même. Grâce à elle, je me suis inscrite sur *Be my Driver*.

Lalie attendait la chute de l'histoire. Que venait faire dans la discussion ce site devenu célèbre grâce à une idée à la fois écolo et économique de partager ses trajets afin d'en baisser le coût ? Maggy était assez casanière. De plus, elle adorait sa région et ne voyait pas où l'on pouvait avoir envie de partir quand on habitait un endroit aussi beau toute l'année.

— C'est chouette, ça, Maggy ! Tu vas enfin sortir un peu de la Côte d'Azur ! Quel coin de France tu as décidé de visiter ?

— Ah, mais peu importe, tout dépendra du profil de mon passager en fait.

— Je ne comprends pas…

Maggy allait provoquer le destin. L'idée de sa voisine lui semblait judicieuse.

— Je vais partager des trajets avec des hommes ; et on verra bien.

— On verra quoi, Maggy ?

— Eh ben, si le charme agit.

— T'as complètement perdu la boule, c'est clair.

— Au contraire ! Quand t'as un rendez-vous via un site, t'as la pression. T'y vas dans un seul but. Y a rien de naturel.

Lalie avait du mal à comprendre comment sa démarche pouvait avoir plus de chances d'aboutir.

— C'est pile ou face, ton truc, quand même.

— Ouais, sauf que là, je gagne à tous les coups. Pile, ça matche pas, je fais du tourisme dans la région. Face, ça matche, à moi la passion !

Décidément, avec Maggy, on n'était jamais au bout de ses surprises.

Chapitre 9

5 décembre 2012

Maggy ne s'était pas manifestée depuis plusieurs jours. Elle avait réalisé son premier covoiturage avec *Be my Driver*, et Lalie trépignait de connaître les péripéties de son amie. Celle-ci avait refusé de lui fournir le moindre indice par téléphone.

— Tu n'as qu'à m'inviter à prendre le thé. Et, par pitié, propose-moi autre chose que tes pauvres galettes de riz soufflé pour l'accompagner.

— Parfait, viens donc déjeuner dimanche prochain.

Il avait donc fallu patienter jusqu'au dimanche suivant afin de connaître tous les détails de cette affaire. Voilà qui lui donnait une magnifique raison de se rendre une fois de plus à la boulangerie du quartier, qu'elle n'avait jamais autant fréquentée. Elle espérait tellement recroiser son « apparition aux macarons ». C'est sa voisine du dessous, Marnie, quatre-vingt-trois ans, qui profitait de tous ces petits plaisirs que Lalie ne se permettait toutefois pas d'ingurgiter. Au rythme où elle recevait ces pâtisseries, la pauvre vieille dame risquait de déclencher un diabète. Mais ce jour-là, fort heureusement, si Lalie avait fait chou blanc, Maggy, elle, se délecterait de l'assortiment qu'elle achetait en boucle depuis l'incident. Cette rencontre inopinée l'obsédait littéralement. Elle n'avait cessé de repenser à cette nuque joliment tatouée, et se surprenait à imaginer le contact de ses doigts sur cette peau qu'elle imaginait douce et veloutée.

La sonnerie de l'interphone la tira de sa rêverie. Maggy entra telle une tornade, le sourire aux lèvres, armée d'une boîte de macarons.

— Je me suis dit qu'on n'est jamais mieux servi que par soi-même. Surtout vu le week-end que j'ai passé : je vais avoir besoin de sucre pour tout te raconter.

Voilà qu'elles se retrouvaient avec autant de sucreries que dans une fête foraine.

— Et puis, devine qui j'ai recroisé ! ricana Maggy. Mais, cette fois, aucune boîte n'a été maltraitée.

— Sérieusement ? C'est incroyable ! Des jours que j'y vais ! Pas à moi que ça arriverait.

— Si je ne te connaissais pas, je pourrais imaginer que tu as flashé… bon, sérieusement, et si je te racontais mon escapade du week-end dernier ?

Lalie n'écouta que d'une oreille le périple de Maggy. Elle acquiesçait vaguement, mais rageait intérieurement de ne pas avoir été au bon endroit au bon moment. Maggy ne comprendrait pas… elle-même n'était pas certaine de comprendre comment elle avait pu être envoûtée de la sorte, alors que franchement…

elle n'était attirée que par des hommes très grands, très virils, de ceux qui, physiquement, vous donnent l'impression de vous mettre en sécurité.

— Lalie, tu ne m'écoutes pas, je le vois ! Je ne te comprends pas. Tu me harcèles depuis une semaine pour que je te raconte tout, et là, tu m'écoutes à peine ! Un vol d'oiseaux migrateurs viendrait de passer que tu ne serais pas moins attentive.

Des oiseaux, oui, des oiseaux, Maggy ne croyait pas si bien dire.

Chapitre 10

10 décembre 2012

Lalie n'avait eu de cesse de chercher Léo – dont elle ignorait encore le prénom.

Elle arpentait le quartier, se rendait à la boulangerie à tous les créneaux possibles de la journée. Elle avait toujours besoin de quelque chose, de la demi-baguette de pain aux cent grammes de chouquettes. Selon la boulangère, elle était devenue, sans conteste, leur cliente la plus assidue. Malgré tout cela, elle ne goûtait pas un dixième de ce qu'elle achetait et continuait à en faire profiter le voisinage. Sa voisine Marnie l'avait depuis rebaptisée « Chouquette ».

Mais les étoiles n'étaient pas alignées, et sa quête semblait vaine. Pourtant, une simple pichenette peut parfois forcer le destin.

— Dites, vous allez me trouver un peu folle, mais je recherche quelqu'un qui fréquente votre boulangerie, hasarda Lalie un matin.

— Vous pouvez me donner un indice ? répondit la vendeuse avec un grand sourire. Il en passe des gens, ici, chaque jour. Et tout le monde n'est pas aussi régulier que vous.

—Il y a quelques semaines, j'ai heurté une personne qui sortait de chez vous. Et j'ai fait voler tous ses macarons. Et, en fait, je me suis à peine excusée…

—Bon, la personne achète des macarons, la piste se resserre, ajouta l'autre avec un léger ricanement, cette fois.

—Oui, oui, je m'égare. Une trentaine d'années, cheveux bruns très courts et un tatouage sur la nuque. Des oiseaux qui s'envolent…

—Ah oui, je vois parfaitement. C'est Léo ! Alors un seul créneau : le dimanche matin, un peu avant midi. Et toujours les mêmes macarons. Une sorte de rituel.

On était lundi. La semaine s'annonçait fort longue.

Chapitre 11

16 décembre 2012

Lalie avait mis sa plus jolie robe. Pour aller à la boulangerie. Il n'y avait aucun mal à se montrer sous son meilleur jour.

Elle avait passé un bon moment devant son armoire. Heureusement, elle avait presque toute la matinée devant elle, et son éventuel « rendez-vous » n'aurait lieu qu'un peu avant midi. Mais un peu avant… qu'est-ce que ça signifiait exactement ? Il ne fallait pas se tromper et arriver quelques minutes trop tard. Ne pas rater Léo… Elle se répétait son prénom en boucle depuis le début de la semaine. Il sonnait si bien, même si elle avait été surprise en l'entendant. Elle s'était aussi amusée à se demander à qui Léo apportait des macarons chaque dimanche… À sa moitié ? Non, elle sentait au fond d'elle-même qu'elle arrivait au bon moment. Jusqu'au plus profond de son âme. L'attirance était là, qui frappait de nouveau au carreau.

Certes, il restait une inconnue dans cette équation… Et de taille ! Plairait-elle à Léo ou ne serait-elle que la cruche capable de faire valdinguer des boîtes de gâteaux ?

11 h 30... elle avait réglé une alarme sur son téléphone pour ne pas rater le créneau. Elle s'observa encore une fois dans le miroir. Elle se trouva jolie, raison supplémentaire pour que les planètes s'alignent ce jour-là. Néanmoins, elle était devenue fluette. Elle devait cesser le contrôle infernal qu'elle opérait sur son corps. Malgré ce qu'elle s'était promis lors de cette Saint-Valentin macabre sur les lieux de l'accident, elle avait eu du mal à arrêter de se faire souffrir. L'entrée fracassante de Léo dans sa vie était peut-être un signe. Cela n'aboutirait sans doute à rien, et pourtant, elle avait senti que, de nouveau, dans sa tête et dans son corps, tout était possible. Rien n'était plus important que cela : elle renaissait enfin.

11 h 38... il fallait s'activer, au risque de devoir attendre le dimanche suivant. Elle descendit les étages quatre à quatre et hâta le pas jusqu'à la boulangerie. Elle se félicita de son entraînement régulier qui lui évita de haleter en arrivant. Elle entra précipitamment dans la boutique. Léo n'était pas là... mince. Elle aurait dû patienter dehors et guetter son arrivée. Trop tard. Elle ne pouvait pas ressortir pour revenir ensuite. Tant pis ! Pour se consoler de son manque de technique, elle achèterait des macarons elle aussi. Mais, cette fois, Marnie n'en profiterait pas. Elle les avait amplement mérités.

— Bonjour, je voudrais un assortiment de macarons, s'il vous plaît.

— Vous avez des parfums préférés ?

— Hormis la pistache, j'aime tout. Alors une dizaine, et laissons faire le hasard.

Elle avait sans doute raté Léo, mais ça n'avait pas tant d'importance. Il faisait un froid à la fois sec et délicieux ce jour-là, à Nice. Un temps parfait pour être heureux et profiter de la vie. Voilà, cet accident de macarons n'avait d'autre but que de la réveiller. Pas de lui faire rencontrer un nouvel amour. D'autant que Léo, pour être honnête, ne correspondait pas du tout à ses critères habituels.

Elle paya, souhaita un bon dimanche à la vendeuse et se retourna, pleine d'entrain. Sans doute trop, d'ailleurs.

Elle percuta la personne derrière elle, secouant la boîte de macarons.

— Décidément, entre vous et moi, c'est une histoire de bousculade.

— Je suis vraiment désolée, plaida Lalie en levant les yeux.

Sa respiration se coupa, ses jambes flageolaient. Léo. Derrière elle. Il fallait trouver quelque chose à ajouter.

— On dira que cela vous venge de la première fois.

— Vous rigolez… vu l'état dans lequel vous aviez mis ma boîte, il faudrait au moins que je saute à pieds joints sur la vôtre, ricana Léo.

— Tenez, si ça peut vous soulager, proposa Lalie dans un sourire.

— Cette nana est vraiment dingue ! Mais non, je vais me contenter d'acheter les miens. Je suis déjà terriblement en retard.

Alors Lalie osa. On n'a qu'une vie. Quel cliché de dire cela ! Et pourtant.

— En ce qui me concerne, j'en ai acheté beaucoup plus que je ne peux en manger. Et si je vous invitais à les partager avec moi autour d'un bon thé de Noël ? prononça-t-elle dans un souffle.

— Mais c'est un rencard, ça, ou je me trompe ?

Lalie rougit face au toupet de la réplique. Devant les clients de la boulangerie qui n'en perdaient pas une miette. Elle n'allait pas se dégonfler maintenant.

— Disons que c'est un dédommagement à ma maladresse. Et puis nous verrons…

— Va pour le dédommagement.

Léo sortit alors un stylo de sa sacoche et griffonna un numéro sur la boîte de gâteaux.

— Envoyez-moi un message vers 16 heures. Du style affolé et en détresse : ça me donnera un excellent alibi pour fuir mon déjeuner.

Chapitre 12

16 décembre 2012

À 16 heures précises, Lalie avait envoyé un message à Léo : Je ne me sens pas bien, viens au plus vite, s'il te plaît.

Elle n'avait pas eu le temps d'angoisser que la réponse lui parvenait : J'arrive tout de suite, suivie d'un autre message : Rappelle-moi tout de même ton adresse…

Lalie tremblait comme une feuille. Elle ne comprenait pas ce qui se tramait dans sa tête et dans son corps. C'était la première fois qu'elle était ainsi attirée.

En revanche, la réciproque n'était pas garantie…

Néanmoins, Léo avait accepté ce rendez-vous. Difficile d'imaginer que ce fût pour manger des macarons…

Une quinzaine de minutes plus tard, la sonnerie de l'interphone se faisait entendre. « Au dernier étage, sur ta gauche », souffla Lalie, le cœur battant.

Le temps qu'il fallut à Léo pour monter l'escalier ne fit qu'accentuer son malaise.

— Je t'en prie, entre. Fais comme chez toi.

Quelle entrée en matière minable ! Elle invitait quelqu'un chez elle, et c'était tout ce qu'elle trouvait à dire.

— C'est très joli, enchaîna Léo avec un sourire. Ton intérieur est à la fois sobre et très féminin. On n'imaginerait pas ça d'une nana aussi maladroite.

— Je m'excuse encore d'avoir écrasé ta boîte de gâteaux…

— Au moins, ça nous aura permis de nous rencontrer une première fois. Et comme le hasard fait bien les choses, tu vois, on se retrouve aujourd'hui.

Le hasard… était-ce le moment de lui avouer qu'elle avait fait un véritable siège de cette boulangerie dans l'espoir de cet instant ?

— Mais la situation est étonnante. J'espère que tu ne me trouveras pas trop cash, mais… tu invites souvent des gens à venir te rejoindre chez toi ?

— Non, c'est la première fois… je ne sais pas trop ce qui m'a pris, d'autant que…

— D'autant que je ne suis pas vraiment ton genre, pas vrai ?

En effet, Lalie avait toujours été très conventionnelle dans ses goûts… À cet instant précis, elle n'aurait d'ailleurs pas pu dire que ça avait vraiment changé.

C'était Léo, uniquement Léo, qui lui faisait cet effet-là. Elle rougit légèrement, ce qui n'échappa pas à son hôte.

— T'inquiète pas, je ne le prends pas mal. Je suis rarement le genre qui fait tomber les filles. Mais il paraît qu'on sort tous un peu de notre routine un jour ou l'autre, alors…

Lalie aurait bien rétorqué quelque chose, mais la franchise de Léo la désarmait. Elle n'en revenait pas d'autant d'aplomb. Plus elle l'écoutait et plus elle avait envie de l'embrasser. Voire de lui ôter tous ses vêtements… Elle perdait la raison, il n'y avait pas d'autre explication.

— Et si je te servais un thé pour commencer ? réussit-elle à placer.

— Un café serré plutôt, sans sucre. Et si tu pouvais nous apporter quelques douceurs sans les faire tomber, on pourrait en conclure que c'était une bonne idée de m'inviter, malgré tout.

La gêne de départ s'était vite envolée, et la discussion allait bon train. Nul n'aurait pu deviner que l'idée de ce rendez-vous ne datait que de quelques heures.

Léo avait une aisance à parler et se racontait avec une facilité que Lalie lui envia tout de suite. Pratique du sport à haut niveau, rupture récente après une relation amoureuse assez compliquée. Et le déjeuner hebdomadaire avec sa grand-mère à qui il fallait toujours le même assortiment de macarons. La même chose, à la même heure. Cette dernière avait un grand cœur, mais ne supportait pas qu'on dérangeât son ordre établi. C'était une vieille femme très à cheval sur les horaires. Mais, quand il s'agissait de Léo, elle tolérait beaucoup de choses.

De manière étonnante, Lalie avait parlé de Marc, de leur amour fou et du deuil terrible qu'elle avait dû traverser. Mais elle n'avait pu aborder la trahison, ni la fâcherie avec Lorène… Comme avec Maggy, ce sujet restait tabou. Elle craignait le jugement et s'imaginait qu'ayant été trompée, avec sa propre sœur de surcroît, elle ne devait pas mériter d'être aimée.

Étrangement, elle refusait aussi de voir l'image de Marc salie. Son décès avait été une épreuve pour tout le monde, ses beaux-parents ne se remettant pas de la perte de leur fils unique. Elle ne s'imaginait pas leur infliger cette honte en supplément. Si elle ne les voyait plus qu'occasionnellement, cela n'avait pas entamé la grande tendresse qu'elle éprouvait pour eux.

À son départ, Léo serra très fort Lalie dans ses bras, déposa un baiser léger au coin de ses lèvres et lui murmura à l'oreille :

— Quel dommage que je ne sois pas ton genre…

Chapitre 13

17 décembre 2012

Lalie pensait en boucle au bel après-midi passé avec Léo. Elle aurait pu répondre : « Tu n'as pas tort, mais je sens que toi, je peux t'aimer. » Elle serait sans doute passée pour une folle. On ne dit pas une chose pareille à quelqu'un qu'on n'a même pas réellement embrassé. D'autant qu'il était davantage question d'attirance que d'amour.

Et ce tatouage dont elle avait enfin pu lire le message : « Attrape-moi si tu peux. » Voilà qui en disait long sur le personnage.

Lalie prit son téléphone et composa le numéro de Maggy. Après cinq sonneries, elle se retrouva sur le répondeur : « Bonjour, vous êtes bien sur la boîte vocale de Maggy. Si je ne vous réponds pas, c'est soit que je ne vous aime pas, soit que je suis en charmante compagnie. À vous de choisir. » Cette fille la ferait toujours rire. « Bon, je me doute que tu dois être agréablement occupée. Je voulais juste un peu discuter avec toi… Rien d'urgent… Rappelle-moi quand tu auras un peu de temps. Bisous. »

Elle lui aurait bien hurlé dans le combiné de la recontacter tambour battant. Néanmoins, elle se demandait comment amener le sujet… elle avait rencontré quelqu'un. Enfin, elle croyait pouvoir nommer les choses ainsi. Elle ignorait ce que Maggy allait penser de ce choix… inattendu. D'autant qu'elle en était la première surprise. Ce qui se passait dans ses tripes avait évincé la raison. Lalie était séduite par une personne, peu importait le reste. Elle n'aurait jamais cru cela possible, et c'était à la fois excitant et déroutant.

Elle saisit son téléphone, fit défiler la liste des contacts et s'arrêta sur le nom de Léo. Ses doigts tremblaient, et sa tête tournait un peu. Lalie lui dirait qu'elle ne désirait pas jouer, ni tenter une expérience. Elle voulait vivre, tout simplement.

Elle aurait aimé un conseil de Maggy d'abord, mais cette dernière semblait occupée. Alors elle se lança et envoya un message. Et si j'avais envie de te revoir ? Son ventre se tordit littéralement. Et si elle se faisait rembarrer ? Son téléphone se mit à vibrer. Déjà ? Mais l'écran affichait « Maggy ».

— Lalie ! Tout va bien ? Non, parce que je te connais, et ton coup du « rien d'urgent »… Je sais que ça veut dire l'inverse.

— C'était juste pour discuter, bichette. Mais tout va comme sur des roulettes, je t'assure.

Elle ne cessait de triturer le fil de son kit piéton. Pourvu qu'elle ne rate pas une réponse de Léo.

— Bon, je suis sur une aire d'autoroute. Rapide pause pipi avant de finir la route. J'ai covoituré avec un charmant jeune homme, tellement sexy. Ton style plus que le mien, à la réflexion… Je me demande si je ne devrais pas plutôt te le présenter.

— Maggy…

— Tu es dispo ce soir ? Je prends une bouteille et quelques trucs à grignoter en chemin, et on passe la soirée à médire ? Ça te va ?

Lalie hésita un peu, espérant tellement revoir la belle nuque tatouée. Mais elle se ressaisit aussitôt : l'amitié avant tout. D'autant qu'elle ignorait si elle recevrait une réponse, positive qui plus est.

— Parfait, je suis chez moi, j'ai la correction d'un texte à boucler d'ici la fin de la semaine. Viens dès que tu peux.

Le soir même, Maggy arriva le sourire aux lèvres comme à son habitude. Depuis sa première escapade par le biais de *Be my Driver*, elle ne cessait de parcourir les routes de France. Puisque les voyages formaient la jeunesse, elle n'allait pas s'en priver. Et si tous les hommes qu'elle avait covoiturés ne s'étaient pas montrés à la hauteur de ses attentes, elle voyait du pays, et c'était chouette.

— Non, mais sérieusement, Lalie, ce mec te plairait. Je me suis demandé pourquoi j'avais accepté de faire ce trajet avec lui, puisque, de toute évidence, il n'est pas vraiment mon genre. Et sur cette aire d'autoroute, quand tu m'as appelée, j'ai compris…

— Tu es complètement folle, tu sais…

— Mais non, c'est une évidence. Tu sais, ces gens qui se voient au premier regard et qui ont un coup de foudre. Eh bien, moi, je l'ai eu pour toi.

Lalie regardait son amie et se retint de rire. Elle l'avait rarement vue aussi sérieuse, alors même que cela lui semblait d'une bêtise abyssale. Comment pouvait-on flasher pour quelqu'un à la place de quelqu'un d'autre ? Mais son amie poursuivit :

— Alors, figure-toi que, quand nous avons repris la route, je me suis lancée.

— Attends, je ne te suis pas. Tu es allée jusqu'à l'essayer pour moi ? Dans la voiture, ce n'est pas très pratique, ironisa Lalie.

— Tu me fatigues… tu veux bien te taire et m'écouter un instant ? Je lui ai demandé son numéro de téléphone. Je lui ai expliqué qu'il était tout à fait ton genre et qu'il serait idiot de ne pas tenter sa chance avec une nana aussi chouette que toi.

— Mais bien sûr… et il t'a donné son numéro pour une fille dont il ne sait même pas si elle peut lui plaire… non, Maggy, tu n'as pas…

— Évidemment que si… ce ne sont pas les photos de toi qui manquent dans mon téléphone. Il a été surpris, c'est vrai, mais il ne s'est pas fait prier longtemps. Donc voici le numéro de Christophe, tu en feras ce que tu veux, conclut-elle en posant un morceau de papier sur la table de salon. Considère que c'est mon cadeau de Noël.

Cette fois, Lalie gloussa carrément. Elle remerciait le ciel d'avoir mis sur sa route ce tout petit bout de femme excentrique et se demandait parfois dans quel abîme de douleur elle aurait continué à sombrer sinon.

Chapitre 14

18 décembre 2012

Au réveil, Lalie consulta sa messagerie. Pas un mot de Léo. Elle se leva, maussade. Après tout, c'était sans doute la réaction la plus sensée. Léo avait clairement exposé sa façon de voir les choses.

Le programme de la journée s'avérait chargé : faire un brin de ménage et continuer la relecture d'un manuscrit en cours. La veille, elle n'avait pas rangé le salon après le départ de Maggy. Leurs verres et les reliefs de ce qu'elles avaient grignoté traînaient sur la table basse. En débarrassant, elle retomba sur le bout de papier laissé par Maggy avec le numéro du fameux Christophe. Elle le froissa en riant de nouveau à l'idée du toupet de son amie.

Une fois son appartement briqué comme un sou neuf et après avoir achevé un chapitre, elle décida d'aller courir. Dehors, il faisait froid et sec. Rien n'était plus important que le sport à ses yeux.

La course à pied était devenue indispensable depuis ce jour de septembre 2009 où la jeune femme était partie sur un coup de tête, sans autre but que celui d'essayer d'avoir mal ailleurs que dans son cœur. Ce jour-là, elle avait traversé la ville, à la seule force de sa rage et de son désespoir. Les courbatures qui en avaient découlé l'avaient tenue clouée au lit deux jours de suite. Puis elle avait sans cesse eu besoin de ce shoot d'endorphines, comme une sorte de came. D'autant qu'elle avait pris un plaisir incroyable à cette maîtrise qu'elle pouvait avoir sur son corps ; à défaut de pouvoir en faire de même avec ses sentiments.

Même si tout le monde lui disait qu'elle était ridicule de courir là, à cause de la pollution, son plus grand plaisir était de parcourir la Promenade des Anglais : l'émulation provoquée par les autres joggeurs, l'odeur de l'iode, le bruit des vagues… Avec Marc, ils aimaient tellement venir se poser au bord de mer, en toute saison, et contempler l'immensité, chercher à trouver où l'eau se confondait avec l'horizon. Elle aimait toujours autant cet endroit, mais pour y courir désormais.

Elle avait son rituel. Elle longeait le port, poursuivait sur le quai des États-Unis et poussait jusqu'à l'aéroport. Elle y faisait une première pause afin de faire des exercices de tonification, croquait quelques amandes, s'hydratait et repartait en sens inverse. Au retour, elle s'arrêtait toujours au même restaurant en bord de mer, connu car sa sœur y avait fait quelques extras quelques années auparavant. Elle s'y posait en terrasse, commandait un café allongé, servi avec un délicieux spéculoos, qu'elle prenait plaisir à tremper avant de le laisser fondre sur sa langue.

Elle s'y sentait comme chez elle, s'amusait beaucoup des chamailleries du couple de restaurateurs : des personnages hauts en couleur. Le nom de l'établissement était un programme à lui tout seul : *Le Quai des Anges*. Ce matin-là, particulièrement, ce nom lui fit penser à Léo.

Elle consulta son téléphone une nouvelle fois. Toujours rien. Que faire ? Insister ou laisser tomber ? Leur rencontre était plus que le fruit du hasard, elle en était certaine. Elle, pourtant si rationnelle, se mettait à croire au destin. Elle voulait revoir Léo.

— Lalie, vous allez bien ? Vous êtes drôlement songeuse ce matin, lui dit doucement Martine, la patronne des lieux.

— Ah, je crois que j'ai couru un peu trop vite ce matin, peut-être une légère hypoglycémie.

— Ne bougez pas, je vous apporte un autre spéculoos, ça vous fera le plus grand bien. Vous ressemblez à ces jeunes filles qu'on voit sur certains tableaux et qui semblent rêver à leur amour perdu.

— Ah ça, Martine, l'amour… il y a longtemps qu'il a filé.

— Eh, petite, à votre âge, il est capable de surgir de nulle part, répondit l'autre, un brin nostalgique.

À cette heure, Lalie attendait juste qu'il surgisse de son maudit téléphone.

« Attrape-moi si tu peux »… et c'était loin d'être gagné.

Chapitre 15

22 décembre 2012

— Oui, maman, je sais…

À l'approche de Noël, Lalie n'avait pas pu échapper au coup de fil de sa mère, coutumière des appels aux aurores… À croire que cette dernière avait inventé l'expression « L'avenir appartient à ceux qui se lèvent tôt ».

Des semaines qu'elle réfléchissait à l'excuse qu'elle allait bien pouvoir leur servir afin d'échapper aux réjouissances de fin d'année. Même si elle culpabilisait un peu à l'idée de leur faire de nouveau faux bond, elle ne se sentait toujours pas le courage de faire la fête, de voir des couples heureux. Et encore moins de revoir sa sœur qu'elle parvenait à esquiver depuis qu'elle travaillait en Espagne.

— Écoute, Lalie, ça commence à bien faire. Tu trouves toujours quelque chose pour ne pas passer Noël avec nous. L'année dernière, tu avais une gastro, et celle d'avant on avait compris que tu n'aies pas envie d'une fête de famille aussi peu de temps après le décès de Marc.

— Mais, maman, j'ai un texte à finir de corriger. Et ma chef ne rigole pas sur les *deadlines*.

Lalie s'en voulut un peu de mentir ainsi sur le dos de sa supérieure qui était, au contraire, un modèle de gentillesse et d'arrangement. Elle n'était jamais spécialement en retard, mais personne ne lui mettait non plus la pression. Après l'accident de Marc, on lui avait laissé le temps de cicatriser. La maison d'édition pour laquelle elle bossait au contrat avait organisé une collecte, avait repoussé toutes les échéances qui pouvaient l'être. L'avantage de ce genre de travail était de pouvoir l'exercer de chez elle, sans être obligée de côtoyer du monde. Cela lui avait permis de s'y remettre doucement.

— Mais je me moque qu'elle ait ou non de l'humour. Ton père en est malade depuis quinze jours. Il se doutait que tu allais encore nous faire le coup. Et puis Lorène sera là en compagnie de Ruy, tu sais, son Espagnol.

Ah oui, ça… pas moyen d'ignorer ce détail. Sa mère lui en rebattait les oreilles aussi bien au téléphone que les fois, certes peu nombreuses, où elles se voyaient. Il n'y en avait que pour eux… Et Ruy par-ci, et Lorène par-là… Lalie était-elle la seule à ne pas tourner la page ? Tout le monde était passé à autre chose, à se demander si le souvenir de Marc n'était pas quasiment effacé des mémoires. Elle était veuve et elle aurait aimé qu'on continue à lui accorder davantage de considération à ce sujet.

— Lalie, je te parle !

— Oui, maman. Bon, je viendrai pour le réveillon alors, mais je ne resterai pas tard. Qu'est-ce que j'apporte ?

— Comme tu es débordée, passe chez le caviste prendre du vin blanc et du champagne. Et si tu avais une idée de petites bouchées sucrées pour le dessert, ce serait pas mal. On cale systématiquement avant le dessert. Alors des mignardises pour accompagner le café, je pense que ça suffira largement.

— C'est parfait, je connais une boulangerie qui fait des macarons à tomber.

Lalie pouffa à l'idée de cette blague qu'elle seule pouvait comprendre. Elle irait les commander en fin de matinée. Elle était prête à forcer encore un peu le hasard.

Après avoir fait son footing habituel et pris une douche rapide, Lalie s'habilla pour aller à la boulangerie. Elle voulait être jolie, mais elle ne devait pas avoir l'air trop apprêtée non plus. Qui se mettait sur son trente-et-un pour aller passer commande chez son commerçant ?

Elle aurait peut-être dû envoyer un second message à Léo. Et si le premier n'était pas arrivé… Elle ne risquait rien à recommencer. Mais quoi écrire ? La même chose ? Une expression suggérant qu'elle aurait attendu une réponse ?

Pas de réaction… Dois-je considérer que c'est un refus, ou mon message ne t'est-il pas parvenu ?

Aussitôt l'avait-elle envoyé qu'elle regrettait déjà : elle trouvait son message peu original et craignait de passer pour une harceleuse, pleurnicheuse de surcroît.

Elle revint de la boulangerie doublement bredouille : elle espérait y croiser Léo – même si ce n'était pas « son » jour – et avait appris que le pâtissier ne faisait que des bûches ce jour-là de l'année. Tant pis, elle achèterait ses macarons dans une enseigne de surgelés reconnaissable à son logo en forme de flocon et les mettrait sur un joli plat. Bien malin qui s'en apercevrait.

Quand la journée se termina, n'ayant toujours reçu aucune réponse, elle fouilla sa corbeille à papier, espérant ne pas l'avoir vidée. Elle y retrouva, bien froissé, le numéro du fameux Christophe. Un petit SMS ne ferait de mal à personne. Et puis, il aurait été malpoli de refuser un cadeau de sa meilleure amie.

Chapitre 16

23 décembre 2012

La réponse de Christophe était arrivée presque instantanément. Il était à la fois surpris et amusé que Lalie prenne contact. Il n'aurait jamais pensé que l'idée un peu folle de cette nana qui l'avait covoituré puisse aboutir à quelque chose. Il avait été séduit par les photos qu'il avait vues, mais ne s'attendait pas à recevoir un message de sa part.

Bonjour, je suis Lalie. Ma copine Maggy a dit que vous étiez mon genre d'homme et que je devais vous contacter. Alors j'ose.

Bonjour Lalie, il faut toujours écouter ses amies. Même quand on a l'impression qu'elles ont des idées un peu folles.

Ah ça, on peut dire, qu'elle en a toujours de drôles !

C'est la première fois que je me fais draguer par procuration !

Cela nous fait une première fois en commun.

Ils avaient décidé de prendre un petit déjeuner ensemble ce matin-là. Autant rester un peu en dehors des clous, c'est ce qu'il avait suggéré :

Continuons à ne pas faire comme tout le monde alors, en commençant par un dîner ou un verre.

Il fallait reconnaître que ce garçon était charmant. Mais de là à vouloir entamer une relation avec lui, il y avait un pas. Ses sens s'étaient emballés pour Léo, certes. Mais cela ne signifiait pas forcément qu'elle était prête à séduire (ou être séduite) de nouveau. Dire qu'elle se sentait perdue était un euphémisme.

Ce qui l'avait conduite à écrire à ce jeune homme ? Le dépit suite à l'absence de nouvelles de Léo, qui devait avoir, au choix, 1) quitté l'hémisphère Nord de la planète, 2) bloqué son numéro, 3) tout bonnement décidé de ne pas donner suite.

Comment devait-elle s'habiller, d'ailleurs ? On ne se rendait pas à un petit déjeuner en robe de soirée, ni trop maquillée… Un jean, un chemisier fleuri et des ballerines feraient fort bien l'affaire. Elle décida de prendre le tramway pour rejoindre la vieille ville, car il était devenu pénible de circuler et de se garer dans Nice.

Armée d'un gros roman, elle trouva une place assise. Le trajet n'en serait que plus agréable : un bon livre faisait oublier la promiscuité dans les transports en commun.

Elle aimait sa ville, encore plus l'hiver quand les touristes l'avaient désertée et qu'elle pouvait se la réapproprier. L'été, c'est tout juste si l'on apercevait encore le paysage tant il était envahi de vacanciers du monde entier. On pouvait d'ailleurs s'étonner qu'on y vienne encore, car si la région était magnifique, l'accueil des commerçants n'était pas toujours à la hauteur. Le ciel bleu et le soleil semblaient suffire à justifier les prix qui flambaient aussi vite que les forêts à cette période de l'année.

Elle s'arrêta à l'arrêt « Opéra – Vieille ville », à quelques mètres à pied de la place de la Préfecture où elle avait rendez-vous. Comme elle avait un peu d'avance, elle en profita pour s'asseoir au pied de la fontaine et savourer la chaleur du léger soleil sur son visage, yeux clos. Autant ne pas se priver de toute la vitamine D qu'on pouvait engranger.

— Bonjour, belle inconnue.

Lalie sursauta et ouvrit les yeux. Un grand sourire lui faisait face, mais comme elle avait le soleil dans les yeux, elle ne distinguait qu'à peine les traits de l'homme qui venait de lui parler. Elle se leva et sourit à son tour.

— Oh, pas si inconnue que ça. Tu es en avance, toi aussi, répondit-elle avec assurance. C'est drôle, malgré la description de Maggy, je ne t'imaginais pas comme ça.

L'individu en face d'elle semblait perplexe et la fixait avec des yeux ronds comme des billes.

— Mais qui est Maggy ?

Lalie éclata de rire.

— Oh, désolée ! Tu n'es pas Christophe, donc ? En fait, j'avais rendez-vous avec un garçon que ma meilleure amie…

C'est le moment précis que choisit le vrai Christophe pour arriver. Ce qui tira finalement deux personnes d'un réel embarras : Lalie se sentant obligée de se justifier et le séducteur constatant le peu de pertinence de sa technique.

— Excusez-moi de vous déranger mais je crois que j'ai rendez-vous avec cette jeune femme. Sauf si tu m'as déjà remplacé, chère Lalie, prononça Christophe d'un air amusé.

— Non, non, je m'en vais, balbutia l'inconnu. Faites comme si j'étais déjà parti.

Un premier rendez-vous sous le signe de l'humour et du soleil était forcément un bon présage.

Lalie proposa à Christophe d'aller prendre un petit déjeuner au bord de la mer et l'emmena donc dans son repaire favori : *Le Quai des Anges*. Un petit clin d'œil complice de Martine, la patronne, la fit sourire.

Christophe était un garçon charmant, même s'il était aux antipodes du beau gosse des contes de fées, ce qui tombait bien d'ailleurs. Lalie ne croyait pas du tout à ce genre d'histoires dans lesquelles le mec le plus canon de la planète tombe sous le charme de la fille la plus banale qu'il lui ait été donné de rencontrer. Et comme aimait à le répéter sa mère : « Sous un bel arbre, on meurt de faim », phrase dont elle se demandait parfois si cela évoquait son père.

— Je t'avoue que j'ai d'abord froissé ton numéro. Je trouvais complètement improbable de rencontrer un mec que ma copine aurait dragué pour moi.

— À ta place, j'aurais sans doute fait pareil. Je me suis d'ailleurs dit que j'avais fait n'importe quoi en donnant mon numéro à une inconnue pour qu'elle le file à une nana encore plus inconnue. Je me suis dit que tu n'appellerais pas... et que si tu le faisais, tu étais aussi cinglée que ta pote.

— Oui, je crois que ton analyse est parfaite, lâcha Lalie dans un éclat de rire. Je suis cinglée, et tu ne sais pas dans quoi tu es peut-être en train de mettre les pieds.

Maggy avait raison, c'était son genre d'homme. Christophe était un garçon avenant, à la conversation vive et déliée. Comme elle, il aimait courir et s'intéressait à l'équilibre de la planète. S'il n'avait pas renoncé à manger de la viande, il prenait grand soin à n'en consommer que raisonnablement. Comme elle, il cherchait toujours à s'assurer de la provenance de ce qu'il achetait ainsi que de la manière dont étaient traités les animaux d'élevage.

Une fois leur petit déjeuner terminé, ils profitèrent de la clémence du climat pour se promener sur le quai des États-Unis et remontèrent jusqu'au port.

— Je vais rentrer, annonça-t-elle. Le temps file, et j'ai encore des petites choses à préparer pour le réveillon de demain.

— C'est toi qui reçois ?

— Non, mais certaines retrouvailles n'étaient pas prévues, alors je dois essayer de trouver quelques cadeaux… du moins mauvais goût possible, dirais-je.

Christophe la raccompagna jusqu'à un arrêt de tramway et lui promit de la recontacter très vite. Malgré l'excellente matinée, elle se demanda si ce n'était pas plutôt de Léo qu'elle espérait un signe.

Chapitre 17

24 décembre 2012

Lalie se réveilla stressée ce matin-là, très angoissée à l'idée de revoir sa sœur. Même si presque quatre ans s'étaient écoulés, le simple fait de mentionner Lorène suffisait à la plonger dans un mélange de tristesse et de colère. Sa sœur avait essayé de la contacter plusieurs fois la première année, prétextant devoir lui parler de choses qui ne peuvent se dire que face à face.

La veille, après avoir quitté Christophe, elle avait arpenté quelques rues à la recherche de petits cadeaux pour ses parents. Elle avait cassé sa tirelire pour une bouteille d'un excellent bourbon pour son père et acheté un beau foulard pour sa mère, qui avait décrété qu'une femme de bon goût n'en avait jamais trop à assortir avec ses tenues. Mais qu'allait-elle offrir à sa sœur ? Le guide de la parfaite menteuse ? Ou le dernier *Comment refaire sa vie après la mort du mec de sa sœur (surtout quand on couchait avec)* ?

Il lui apparaissait désormais comme une évidence qu'elle aurait dû s'expliquer avec Lorène, que toute cette colère ne diminuait pas et l'empêchait de passer sereinement à autre chose. Néanmoins, Lorène serait là avec son petit ami tout neuf. Avait-elle le droit de gâcher la soirée et de faire du mal à ses parents qui, eux, ne se doutaient de rien ? Évidemment pas. Sa sœur devait rester quelques jours. Elle lui demanderait donc de la voir avant son départ, afin de mettre enfin des mots sur ces années de silence. Elle espérait avoir le courage de le lui proposer, mais également de ne pas laisser paraître, au dîner, tout ce qui la remuait depuis ce terrible soir.

Bientôt quatre ans que son cœur et son corps s'étaient éteints de concert. Était-elle prête à se laisser aller à aimer de nouveau ? Si l'attirance soudaine qu'elle avait eue pour Léo et le bien-être qu'elle avait ressenti lors de ce premier rendez-vous avec Christophe étaient des indicateurs positifs, elle doutait d'être prête à lâcher prise et à accorder de nouveau sa confiance à quiconque, en matière d'amour en tout cas.

Elle envoya un message à Maggy pour lui demander si elle avait une petite heure pour passer boire un thé et papoter. Mais celle-ci avait un covoiturage de prévu avec un charmant monsieur qui s'était fait retirer son permis. Elle se rendait à Saint-Raphaël où elle passerait ensuite le réveillon en famille. Lalie décida d'attendre de l'avoir en ligne pour lui parler de son rendez-vous.

Quand elle sonna à la porte de chez ses parents, elle était déterminée à passer une bonne soirée.

Si elle n'avait toujours pas reçu de réponse de Léo – mais elle s'était presque résignée à ne pas en avoir –, Christophe, lui, avait envoyé un message lui souhaitant un Joyeux Noël et l'invitant à se revoir le 26.

Après ce petit déjeuner réussi, que dirais-tu d'un brunch ?

Elle accepta avec joie, d'autant que le créneau horaire les dispenserait encore de la gênante proposition d'un dernier verre.

Sa mère lui ouvrit la porte, souriante et pimpante :

— Georges, tu peux recommencer à respirer ! Lalie est vraiment là, elle ne nous a pas fait faux bond, s'exclama-t-elle, moqueuse.

— Maman, évidemment que je n'allais…

— … pas vous faire ça…, la coupa sa mère. Bon allez, j'ai promis d'aller de l'avant et de ne pas remettre toutes les vieilles histoires sur le tapis.

Viviane aida sa fille à ôter son manteau et la serra fort dans ses bras. Lalie lui rendit son étreinte, c'était si bon les bras d'une mère. Comment elle avait également pu se priver de ça ces dernières années ? Lalie avait fait le vide autour d'elle. Elle passait son temps à prétexter un texte à corriger ou un marathon à préparer. Il n'y avait pas que son corps qui avait réduit de volume, sa capacité d'empathie aussi avait fondu comme neige au soleil. Et, ce soir-là, elle sentit que tous ses efforts pour se forger une carapace blindée étaient sur le point d'être réduits à néant. Cela l'effrayait, et pourtant c'était sans doute la seule chose sensée à faire : laisser les vannes céder.

Dans le salon, son père prenait l'apéritif en compagnie de Lorène et de Ruy. Tout le monde riait aux éclats, et Lalie eut l'impression que son arrivée avait un peu terni l'atmosphère.

— Eh bien, vous ne m'avez pas attendue pour la première tournée, tenta-t-elle, un peu mal à l'aise.

— Ma chérie, attendre ta venue, c'est prendre le risque de se déshydrater. Tu nous pardonneras d'avoir continué à vivre, se risqua son père.

Lorène se leva d'un bond et, sans laisser le temps à son aînée de réagir, elle se précipita sur elle pour l'embrasser : « Tu m'as tellement manqué. » Ruy se redressa timidement et se présenta avec un délicieux accent espagnol. Lalie le trouva immédiatement sympathique et chaleureux.

La soirée se passait bien, Lalie commençait à se détendre. Elle ne pouvait pas nier que sa sœur et Ruy formaient un joli couple. Comment Lorène s'était-elle remise de la mort de Marc ? Elle lui avait refusé le droit d'exprimer sa souffrance, mais également celui de s'expliquer. Lalie se sentit un peu coupable pour les coups de fil refusés, les lettres non ouvertes et renvoyées dans la foulée… Or, pour une raison qui lui semblait maintenant un peu ridicule, Lalie avait préféré faire l'autruche.

Cette raison ? La honte… celle que tout le monde sache qu'elle avait fait le mauvais choix, que Marc était incapable d'être fidèle, qu'elle n'était pas à la hauteur de cet homme puisqu'il l'avait trahie, que sa propre sœur n'avait pas une once de respect pour avoir fait cela. De plus, la santé de son père étant fragile depuis plusieurs années, elle avait voulu éviter d'en rajouter. D'autant qu'avec sa mère ils avaient failli se séparer quelques années auparavant pour une histoire d'adultère. Un incontournable des histoires d'amour traditionnelles au XXIe siècle. « Ils se marièrent, eurent beaucoup d'enfants, puis passèrent le reste de leur existence à se tromper mutuellement… »

Le moment de l'échange des cadeaux fut très émouvant. Chacun avait réussi à trouver une jolie attention, même Ruy avait réussi à faire plaisir à des gens qu'il voyait pour la première fois. Décidément, sa sœur avait bien choisi ce garçon.

— Lalie, tu viens avec moi en cuisine ? Il est grand temps de servir le champagne, proposa Lorène.

Elles ne s'étaient pas encore retrouvées seules, et Lalie espérait que ce ne serait pas trop gênant. Alors qu'elle s'apprêtait à lancer une phrase banale, Lorène sortit de son sac une grande enveloppe en papier kraft et la lui tendit.

— Voilà, il était temps que je te donne ça. Ce n'est pas à moi de l'avoir, même si tu sais déjà ce qu'elle contient. Je sais que tu es toujours fâchée contre moi, et je tiens à te dire, les yeux dans les yeux, que je suis désolée que nous t'ayons menti. Tu avais raison, nous n'avions pas le droit de te laisser en dehors de la confidence.

Lalie ne comprenait pas ce qu'était cette enveloppe. Elle ignorait ce qu'elle pouvait bien contenir, d'autant qu'il y avait l'en-tête d'une clinique. Elle commença à la décacheter, mais Lorène posa sa main sur la sienne pour l'en dissuader.

— Tu feras ça ce soir ou demain matin, à tête reposée, seule. Si tu as besoin d'en parler, je serai là, à portée de téléphone. Tout ça n'a que trop duré, je ne te veux plus en dehors de ma vie.

Lorène étreignit sa sœur, essuya quelques larmes puis fit tinter les coupes :

— Et si on allait le servir, ce champagne !

Chapitre 18

25 décembre 2012

La boîte de Pandore, voilà ce qu'elle avait craint d'ouvrir presque quatre ans auparavant. Et cette enveloppe lui faisait front…

Elle passa le doigt sur le nom qui y était inscrit : Marc LANZIEUX.

Elle avait d'abord été intriguée par l'en-tête qui indiquait qu'elle était émise par la clinique Saint George à Nice. Quel rapport pouvait-il y avoir entre cet endroit et leur histoire à tous les trois ?

Elle faillit en tomber de sa chaise.

Des résultats d'un spermogramme, daté de quelques semaines avant son décès. Des résultats d'analyses qui ne faisaient aucun doute, Marc n'aurait eu aucune chance de lui donner un enfant sans assistance médicale.

Il avait donc emporté ce secret avec lui dans sa tombe – Lalie se triturait les méninges. Voilà la clé de leur incapacité à concevoir un bébé. La date de ces résultats concordait assez bien avec le moment où Marc avait commencé à se montrer distant avec Lalie.

Mais pourquoi avait-il fallu qu'il aille chercher du réconfort dans les bras de sa sœur ?

Cela expliquait certes son mal-être des derniers mois, à la limite une infidélité passagère, mais toujours pas le choix de sa maîtresse…

Une lumière au bout du tunnel… Pour la première fois, réellement, Lalie comprit qu'elle s'était fourvoyée sur toute la ligne. Si elle peinait à retrouver les dernières pièces manquantes du puzzle, elle avait conscience d'avoir voulu tout bien ranger dans des cases. Écrire elle-même une histoire qui ne s'était jamais produite. Marc et Lorène n'avaient jamais été amants ! ça lui sautait au visage, désormais.

« Tu es trop impulsive, ma fille. Accepte que tout ne soit pas forcément comme tu l'as décidé. » Sa mère le lui répétait pourtant depuis l'enfance. À force de foncer, elle avait perdu des années et abîmé sa relation avec sa sœur. Pouvait-elle encore rattraper tout cela ?

Elle s'empara de son téléphone, lut distraitement le message de Christophe qui l'embrassait et lui confirmait le brunch du lendemain. Appeler Lorène, elle ne pensait plus qu'à cela. Elle voulait désormais comprendre tout ce qu'elle avait bêtement choisi d'ignorer.

Chapitre 19

25 décembre 2012

On passe trop de temps à courir derrière le bonheur. Sans le trouver. Et pas parce qu'il est difficile à atteindre, juste parce qu'on n'a pas appris à se baisser pour le ramasser. Souvent, il est juste là, à nos pieds, tentant vainement de se signaler. Mais on est trop occupé à regarder loin devant, à tendre la main vers l'inaccessible, plutôt que de cueillir ce qui s'offre à nous.

Encore sous le choc provoqué par le contenu de l'enveloppe, Lalie envoya un SMS à Lorène. Quelques minutes seraient encore nécessaires avant que le moindre son puisse sortir de sa gorge.

Je viens de lire le contenu de l'enveloppe. Je suis sous le choc et j'ai honte… terriblement.

La réponse ne se fit pas attendre. Sa sœur attendait à côté de son téléphone, comme elle le lui avait annoncé.

Honte de quoi, je ne comprends pas…

Lalie eut à écrire le message le plus pénible de toute sa vie :

> Vous n'aviez pas de liaison, tous les deux. Pendant toutes ces années, j'ai pensé que tu couchais avec mon mari.

Le téléphone sonna aussitôt, sa sœur l'appelait.

— Lalie… c'est pour ça que tu m'en voulais, ce soir-là ? Tu as dit que tu savais tout… je pensais que tu parlais des analyses, du fait que Marc ne pourrait jamais te donner un enfant naturellement.

Un silence s'installa, uniquement ponctué des sanglots de l'aînée.

— Je… je… croyais tout savoir, oui. Je croyais que Marc et toi… dans mon cerveau ravagé par le chagrin, je pensais que toutes mes inquiétudes des semaines qui avaient précédé trouvaient là leur justification.

— Oh mon Dieu, Lalie ! Putain, mais tu as dû vivre l'enfer ! Perdre ton amour et penser qu'en plus ta propre sœur te l'avait déjà volé !

— J'ai honte, Lorène, j'ai tellement honte. Avec le recul. Avoir imaginé que deux des personnes que j'aime le plus au monde auraient pu être capables de faire une chose pareille.

— Pas de honte entre sœurs. On a tous des réactions stupides, que l'on regrette ensuite. On prend tous de mauvaises décisions.

—Oui, mais là, je décroche le pompon. Et pourtant, tu n'as pas cessé de m'appeler, de m'écrire. J'aurais dû au moins ouvrir tes lettres. Tout ce temps perdu…

Les sanglots étranglèrent sa voix.

—Chut, ma louloute. Tu as déjà assez souffert. C'est pas la peine de t'accabler davantage.

—Oui, mais…

—Chut, je te dis. On a déjà perdu trop de temps, je suis totalement d'accord avec toi. Alors, si on regardait vers l'avenir, désormais ?

Elle avait raison, sur toute la ligne. Lorène était donc bien la sœur aimante et sur laquelle elle pouvait compter ? Alors pourquoi était-elle dans cette voiture ? La suspicion revint gonfler son cœur en une fraction de seconde. Mais sa sœur devait lire dans ses moindres pensées…

—Je dois encore t'expliquer comment les *événements* se sont enchaînés et pourquoi je conduisais la voiture de Marc ce soir-là. T'as besoin de tout savoir pour passer à autre chose. Laisse-moi *éclairer* les dernières zones d'ombre.

Elles se donnèrent rendez-vous dans un salon de thé du Vieux-Nice : se retrouver, certes, mais en terrain neutre pour commencer. Non par rancune, Lalie pressentait que sa sœur n'avait pas grand-chose à se reprocher. Peut-être rien du tout, d'ailleurs. Mais justement pour démarrer sur de nouvelles bases, ne surtout pas penser qu'on pouvait recommencer comme si rien ne s'était passé. Lalie allait peut-être pouvoir faire son deuil. Enfin.

Les deux jeunes femmes s'étreignirent, et Lorène ne retint ses larmes qu'à grand-peine.

— Tu m'as tellement manqué, prononça-t-elle avec beaucoup d'émotion.

— Toi aussi, mais j'étais aveuglée et j'ai détesté pendant des années une sœur qui en fait n'existait pas.

— Je n'avais pas de liaison avec Marc, Lalie. Certes, nous t'avons caché des choses ; certes, je regrette d'avoir promis de garder son secret. Mais jamais nous n'avons voulu te faire du mal.

Lalie, elle, ne parvint pas à contenir l'émotion qui la submergeait et se mit à pleurer. Elle avait donc eu raison d'aimer Marc aveuglément jusqu'à ce jour terrible, elle avait toujours eu la sœur complice auprès de laquelle elle avait grandi. Il était temps de lever le voile sur toutes ces années de silence et d'obstination de sa part.

— Je suis prête, raconte-moi.

— Comme tu as pu le comprendre en ouvrant l'enveloppe que je t'ai donnée, Marc était stérile. C'est ce qu'il était venu me montrer ce soir-là.

— Mais pourquoi il ne m'en a pas parlé ? Pourquoi avoir fui alors que nous avions passé un si bel après-midi ?

Malgré ses mots, Lalie sentait le poison s'infiltrer dans ses veines. Au fond d'elle, tapie dans l'ombre, la vérité n'attendait pas grand-chose pour se révéler.

Si Marc n'avait rien dit, c'était sans doute parce qu'il n'avait pas senti qu'il le pouvait. Mais pourquoi ?

— Parce que, ma Lalie chérie, tu es ainsi. Quand tu penses avoir raison, tu ne laisses pas le bénéfice du doute aux autres. Tu fonces, et peu importe ce que ça peut déclencher.

Lorène hésitait : ce qu'elle devait dire à sa sœur n'était pas simple. La stérilité de Marc n'était que la partie émergée de l'iceberg. Ce qui se cachait n'était pas plus facile à dire, au contraire. Et il ne fallait surtout pas que Lalie se sente jugée, ni même responsable.

Des choses arrivent, parfois parce que l'on fait de mauvais choix. Mais pas forcément parce qu'on a voulu faire souffrir l'autre.

— Je sais que cela faisait un moment que vous essayiez d'avoir un enfant. Et que ça ne venait pas. Tu étais si impatiente, tellement déterminée. Au fond de lui, Marc savait que quelque chose ne collait pas. Avec sa précédente épouse, même s'ils n'avaient pas spécialement cherché à avoir des enfants, il y avait eu, comment dire… plusieurs loupés… et elle n'était jamais tombée enceinte. À l'époque, il avait vu ça comme un heureux concours de circonstances. Mais ça lui était revenu, comme un boomerang, en pleine face.

Lalie tremblait de tous ses membres. Elle parvint tout de même à prononcer quelques mots :

— Mais on aurait pu aller faire ce test ensemble… il aurait dû me le dire… on aurait trouvé des solutions…

Le malaise était tout aussi perceptible que le chagrin. Et pourtant, Lalie se contenait autant qu'elle pouvait, refusant de laisser éclater son désarroi au milieu d'étrangers, même si l'endroit était particulièrement chaleureux et propice aux confidences.

— Lalie, chérie… rappelle-toi ton entêtement à cette époque. C'est tout juste si tu ne ponctuais pas toutes tes phrases par le mot « bébé ». Et tu avais un avis assez arrêté sur les alternatives envisageables…

Lalie se souvint, en effet, d'une conversation que les deux sœurs avaient eue alors que l'aînée commençait à s'inquiéter de voir revenir ses règles, inlassablement, chaque mois. Elle s'était montrée inflexible : hors de question d'adopter… ou même d'avoir recours à des méthodes comme la procréation médicalement assistée. Ce bébé serait d'eux… ou ne serait pas…

Devant le silence hébété de sa sœur, Lorène continua, faisant preuve d'encore plus de précautions.

— Ce soir-là, Marc est arrivé dans un état de détresse que je ne lui avais jamais vu.

Dans la tête de Lalie, les pièces du puzzle se reconstituaient. Voilà pourquoi il ne l'approchait plus qu'à peine, pourquoi il dormait le plus loin possible d'elle, ne lui faisant presque plus l'amour. Il savait que ce qu'elle voulait à toute force, ce n'était pas lui, c'était un enfant de lui. Et ça, il ne pouvait le lui offrir.

C'était d'ailleurs par une réflexion à ce sujet qu'elle avait terminé leur après-midi à l'hôtel. Elle s'en souvenait parfaitement.

Emplie d'une tristesse indicible, Lalie écouta sa sœur finir son histoire : comment Marc avait déboulé chez Lorène. Il était dévasté et ne savait pas de quelle manière il allait sauver son mariage, ni s'il pourrait lui annoncer les résultats des analyses. Il craignait que Lalie ne décide de le quitter, toute à son désir de fonder une famille, de porter un enfant.

Ce soir-là, il avait voulu boire, pour la première fois de sa vie. Ne sachant plus ce qui le soulagerait ou lui donnerait le courage de tout dire. Il était ivre après deux verres, n'ayant jamais consommé d'alcool auparavant, alors Lorène avait proposé de le ramener. Elle serait restée dormir chez eux, sur le canapé, et quelqu'un l'aurait raccompagnée le lendemain. Après de longues minutes de résistance, Marc avait fini par céder. Mais les choses avaient mal tourné. Un animal leur avait coupé la route, et la jeune femme avait perdu le contrôle du véhicule. Un simple coup du sort. Aux conséquences si désastreuses.

Des années gâchées, du chagrin empilé, des rancœurs insensées. Tout cela pour en arriver là. Lalie ne parviendrait sans doute pas à se pardonner tout à fait. Certes, on pouvait mettre tout cela sur le compte du choc de l'accident, sur la présence inexpliquée de sa sœur, sur le décès de celui auquel elle avait décerné le titre de « l'homme de sa vie ». Mais si la jeune femme était impulsive, capable de mauvaise foi quand elle était sous le coup de la colère, elle n'en restait pas moins foncièrement honnête. Elle avait déconné, gravement déconné. Et là encore, c'était un euphémisme. Non seulement elle avait passé ces dernières années ivre de colère et de douleur, à ne pouvoir correctement faire son deuil, mais elle avait également perdu un temps précieux avec celle qui avait toujours été sa plus précieuse alliée.

— Tout ça, c'est ma faute, répétait Lalie en boucle au milieu de ses sanglots.

— C'est exactement ce que je me dis depuis toutes ces années… en voulant vous rendre service, j'ai tué ton mari, ajouta Lorène, en pleurs elle aussi.

La vie a ses mystères. Ce qui s'était produit cette nuit-là n'était en réalité de la responsabilité de personne. C'était un de ces enchaînements malheureux de circonstances. Les deux sœurs étaient en vie, et elles allaient pouvoir non pas rattraper le temps passé, mais au moins vivre à fond tout ce qu'elles avaient encore la possibilité de partager. Entre se lamenter sur la bêtise de Lalie et se lancer à corps perdu dans tout ce que l'existence avait encore à leur proposer, leur choix serait vite fait. Tout ce gâchis ne s'effacerait pas d'un coup de baguette magique, mais nul doute que ce Noël resterait un des meilleurs de leurs vies, à toutes les deux.

Chapitre 20

26 décembre 2012

Au réveil, Lalie se sentait aussi mal qu'un lendemain de cuite. Toute l'eau que contenait son corps devait avoir été évacuée la veille. Boire trop d'alcool donnait mal au crâne, trop pleurer également.

Lalie allait devoir réapprendre à vivre… tout l'équilibre – même précaire – dans lequel elle avait vécu ces dernières années venait de s'effondrer. Même si la réalité s'avérait plus douce que les mensonges dans lesquels elle s'était empêtrée, elle devait retrouver ses marques. Se réinventer une vie sans Marc, mais de laquelle sa sœur ne serait plus forcément absente. Dans laquelle elle pourrait de nouveau regarder tout le monde en face, ses parents comme ceux de son ex-mari, sans avoir l'impression de mentir. C'était la principale raison de la distance prise avec ses proches : elle ne voulait pas jouer un rôle, dire des choses qu'elle ne pensait pas, cacher un pan de l'histoire. Maintenant que la lumière était faite, que ce désastreux quiproquo était éclairci, plus rien ne l'empêchait d'être heureuse. Elle s'en voulait d'avoir si mal considéré sa sœur, mais cette dernière lui avait assuré vouloir aller de l'avant, elle aussi.

Seulement vingt-quatre heures s'étaient écoulées, et pourtant, Lalie avait l'impression que son rendez-vous avec Christophe datait d'une autre époque. Elle se demanda si elle n'allait pas repousser, peut-être même annuler ce brunch. La rencontre avec le jeune homme avait eu lieu dans sa vie sans Lorène. Elle était devenue quelqu'un d'autre depuis la mort de Marc. Elle avait perdu l'amour de sa vie et n'avait pas vraiment fait son deuil. N'était-ce pas le moment ? Était-il encore temps ? Son chagrin était immense, mais la colère et le ressentiment devaient désormais s'effacer. Cela impliquerait aussi de « repartir en arrière », et ça, c'était la dernière chose que souhaitait Lalie.

Elle se rendrait donc à ce rendez-vous. Elle verrait ce que l'avenir lui proposait. S'ouvrir à tous les possibles... voilà ce que son attirance inexplicable pour Léo lui avait prouvé... Léo, ah Léo ! De toute évidence, il n'y aurait pas de Léo dans cette vie-ci. Sans doute cette rencontre n'avait-elle été qu'un interrupteur. Juste de quoi rallumer la lumière dans le corps de Lalie. Toutes les histoires ne sont pas destinées à durer. Et, pour autant, elles peuvent compter. Représenter une étape nécessaire, une marche indispensable vers quelque chose de plus grand.

À force de cogiter, elle s'était mise en retard. Une première pour Lalie ! Un premier pas vers une vie dans laquelle tout ne serait pas soigneusement sous contrôle ?

Elle rejoignit donc Christophe dans la vieille ville de Nice : l'occasion de découvrir un lieu très coté qu'elle suivait via Facebook depuis des mois. Du fait maison, de la vaisselle un peu kitsch, un décor rétro. La tendance était au retour à l'essentiel, à la nourriture copieuse mais saine... et à l'étalage sur les réseaux sociaux...

Christophe était décidément un homme charmant, avec l'option « sourire inamovible et en toutes circonstances ». En effet, il ne se plaignit même pas des vingt minutes pendant lesquelles il avait attendu la jeune femme.

Ils demandèrent une table dans un petit renfoncement de la salle, de quoi se donner l'impression d'être seuls au monde. Et de profiter d'un premier moment d'intimité.

— Alors ces fêtes de Noël ? entama-t-il.

— Je dirais... surprenantes. Et sans doute les meilleures depuis bien longtemps.

— Ah, super ! Tu me trouveras indiscret si je te demande de m'en dire un peu plus ?

— Disons que je me suis réconciliée avec ma sœur... et que je vais enfin pouvoir pardonner à Marc ce qu'il ne m'a pas fait.

Christophe la regardait d'un air circonspect. Il se demandait qui pouvait donc bien être Marc… mais craignait de paraître trop invasif en demandant des éclaircissements. Alors Lalie le devança.

— Marc est mon ex-mari. Il est mort il y a quelques années, dans un terrible accident. Et beaucoup de non-dits ont été enterrés avec lui.

— Je suis désolé…

— Ne le sois pas, tout va bien aujourd'hui.

On apporta leurs plats à ce moment précis. Cela ne pouvait pas mieux tomber. Lalie n'avait pas envie de rentrer dans les détails, et le fantôme de Marc s'éclipsa tout naturellement.

Ils parlèrent de tout et de rien. Christophe lui raconta son réveillon, au milieu de ses cousins. Il était le petit dernier d'une fratrie de trois et ne décidait rien sans s'en être confié à sa sœur aînée. La famille, c'était sacré.

Ils rirent de nouveau de l'excentricité de Maggy, de la fantaisie qui leur avait permis de se rencontrer. Elle espérait qu'il ne lui demanderait jamais ce qui lui avait fait changer d'avis… elle n'allait pas lui dire que ça faisait suite au silence radio de quelqu'un dont elle n'avait fait qu'effleurer les lèvres. Il n'était pas un lot de consolation, et elle ne souhaitait pas avoir à dissimuler des choses dès le début d'une relation.

« Relation », oui, elle avait bien choisi ce mot. Après tout, Christophe lui plaisait, elle était célibataire… et, comme le vélo, ça devait ne pas s'oublier.

Elle fut interrompue dans son monologue intérieur.

Il venait de lui prendre la main.

C'était en train d'arriver, la vie toquait au carreau. Elle le faisait à ce moment précis où elle pouvait l'accueillir de nouveau. Libérée de ses poids, les fardeaux enfin déposés.

Alors elle ne retira pas sa main. Elle lui sourit. Simplement.

Aucun mot n'était nécessaire.

Il suffisait de croquer la vie à pleines dents.

Ils commencèrent par l'appliquer aux délicieux petits pains de leur brunch.

La journée se poursuivit dans la même harmonie. Quand Christophe et Lalie quittèrent le restaurant, leurs mains, qui s'étaient dénouées le temps du repas, retrouvèrent spontanément le chemin l'une de l'autre. Ils profitèrent de cette exceptionnelle douceur hivernale pour longer la Promenade des Anglais. Christophe aimait beaucoup l'odeur et le bruit de la mer, lui aussi. La Méditerranée est le poumon des gens du Sud. Loin d'elle, ils sont comme privés d'air.

Quand le soleil commença à décliner, il lui proposa tout naturellement de faire le chemin à pied, pour la reconduire chez elle. Lalie appréciait de pouvoir tout faire de cette manière ou en tramway. Moins elle utilisait sa voiture, et mieux elle se portait. Elle aimait son quartier et n'en aurait changé pour rien au monde. Ils empruntèrent de petites rues aux immeubles colorés : le bonheur était partout, dans les choses les plus simples.

Quand ils arrivèrent au pied de son immeuble, Lalie se demanda ce qu'elle devait faire. Lui proposer de monter prendre une boisson chaude ? C'était un peu tôt, et elle ne voulait pas se trouver dans la situation embarrassante d'avoir à lui dire « non » si les choses allaient plus loin.

— Voilà, c'est ici. Merci de m'avoir raccompagnée.

Il la regarda droit dans les yeux. Était-il déçu ? Peut-être s'attendait-il à ce que les choses aillent plus loin, et plus vite. Surtout vu la façon dont leurs chemins s'étaient croisés. Elle n'avait pas d'a priori sur les histoires qui commencent par l'union des corps – c'était ainsi que cela avait commencé avec Marc –, mais elle ne se sentait pas tout à fait prête. Trop de choses bouillonnaient encore dans sa tête. Dans son cœur. Son corps devait être parfaitement en accord avec son état d'esprit avant de succomber.

S'il espérait davantage, il n'en laissa rien paraître.

— Je sais qu'on vit une époque où les femmes sont indépendantes, mais j'ai un petit côté chevalier servant. C'est désuet, mais c'est ainsi.

— On se revoit bientôt ?

— J'en ai très envie.

— Demain ? Après-demain ?

— Je pars au ski demain, à Isola, avec des potes, pour enterrer 2012. On devra donc attendre 2013. Mais promis, si tu es dispo, on démarre l'année ensemble.

Le cœur de Lalie battait à tout rompre. Cet homme flirtait avec elle, et c'était bon. Elle était vivante, c'était la deuxième fois en peu de temps qu'elle le sentait de nouveau. Certes, l'aiguillage semblait faire des siennes entre l'insaisissable Léo et le rassurant Christophe. Peut-être ne ferait-elle un bout de chemin avec aucun des deux, peut-être avait-elle besoin d'y aller à son rythme.

Elle venait de sortir d'un long tunnel.

Chapitre 21

27 décembre 2012

Les deux amies ne s'étaient pas parlé depuis plusieurs jours. La vie avait réservé tellement de surprises à Lalie, qu'elle éprouvait le besoin de se confier à Maggy. Elle s'installa dans un fauteuil, un plaid sur les épaules, déposa sur sa table de salon la tasse de café fumant qu'elle venait de se préparer et composa son numéro.

Une voix encore pleine de sommeil lui répondit :

— C'est vraiment parce que c'est toi, murmura Maggy. Quelle idée d'appeler les gens si tôt…

— Oh mais oui, j'ai oublié : tu as posé quelques jours pour les fêtes. Je voulais avoir une chance de te joindre avant que tu partes travailler.

Un grognement dépité se fit entendre à l'autre bout de la ligne.

— Je peux te rappeler plus tard, proposa Lalie.

— Même pas en rêve… je t'écoute maintenant. Et tu as intérêt à ce que ça vaille la peine… j'espère que si tu appelles de bon matin, c'est que tu as des tonnes de choses à me raconter. Moi aussi d'ailleurs, mais toi d'abord.

Maggy ne perdit pas une miette du récit de Lalie. Elle jubilait d'avoir eu l'idée de demander son numéro à Christophe. Rien ne valait un bon cadeau de Noël.

— Mais j'ai du mal à comprendre ce brusque revirement de situation. Je croyais que mon idée était farfelue et que tu ne voulais pas en entendre parler. Ton démon de midi s'est réveillé ?

— Ma sœur m'a fait un très beau cadeau de Noël…

— Attends, je ne te suis pas. Christophe, c'est mon cadeau… Que vient faire ta sœur là-dedans ? En fait, je suis surprise que tu me parles d'elle aussi facilement… C'est plutôt tabou, d'habitude. Comme tout un pan de ton passé, d'ailleurs…

Lalie décida que c'était le bon moment et, en une dizaine de minutes, elle osa enfin dévoiler à son amie cette partie de sa vie : Marc, leur incapacité à avoir un enfant, l'accident, la terrible méprise. Au téléphone, ça lui sembla plus facile. Maggy n'avait pas pipé mot pendant son récit.

— Tu ne dis rien… mon histoire t'a choquée ?

— Disons que ça fait beaucoup d'informations. Je comprends mieux certains de tes blocages maintenant. C'est comme si j'avais enfin les pièces manquantes du puzzle. Tu as drôlement morflé… Pourquoi m'en as-tu jamais parlé ?

— Un peu pour la même raison que je refusais de crever l'abcès avec ma sœur, je pense. Le déni.

J'espérais que ne pas en parler m'aiderait à croire que tout ça n'avait pas existé. En nouant de nouvelles amitiés, ça semblait plus simple de reconstruire en terrain vierge.

— On peut dire que ta méthode a ses limites…

— Oui, je m'aperçois aujourd'hui que ça fait des années que je fais semblant de vivre.

— Tu sais, sans vouloir être intrusive… entre amies, on peut tout se dire. C'est bien parce que je ne suis pas une simple copine que je peux tout entendre sans te juger.

Lalie hésita à aborder le sujet de Léo, mais renonça. Elle n'avait aucune nouvelle, donc aucune raison d'en parler.

Maggy, quant à elle, était bien arrivée à Saint-Raphaël, chez ses parents.

Le covoiturage s'était déroulé à merveille. Son passager était un homme charmant. Il s'était fait retirer son permis et n'aimait pas trop les transports en commun. Alors, depuis plusieurs semaines, il utilisait ce système pour relier rapidement et facilement Nice et Saint-Raphaël. Il y rendait visite à sa fille, encore trop petite pour venir seule chez lui. Il profitait de ce que son père habitait la même ville que son ex-compagne pour recevoir l'enfant dans l'appartement de famille.

Maggy et lui avaient convenu de faire le trajet retour ensemble. Depuis, ils avaient échangé quelques SMS afin de conclure les détails hors du site.

Et, de fil en aiguille, leurs messages s'étaient faits plus personnels. Elle avait accepté de repousser son voyage d'une demi-journée. Pour la remercier, il lui avait proposé un dîner. Elle n'avait jamais eu autant hâte de voir ses vacances s'achever.

— Du coup, on rentre le 2. Et on passe la soirée ensemble.

— Tu avais raison, c'est un bien meilleur plan que les sites de rencontres, on dirait.

— Oui, gloussa Maggy. Je vais peut-être commencer l'année en beauté. Sinon, tu le revois quand ton Christophe ?

— Il rentre du ski après le Nouvel An. Donc rien au programme avant l'an prochain pour moi non plus, dit Lalie avec un soupir.

Maggy aurait presque juré percevoir une pointe d'impatience dans la voix de son amie. 2013 promettait d'être une année riche en rebondissements. Bien plus que les deux femmes pouvaient l'imaginer en ces tout derniers jours de décembre.

Après plusieurs heures à peaufiner le texte d'une traduction, Lalie décida qu'elle avait suffisamment travaillé pour la journée. Elle enfila une veste molletonnée et entreprit d'aller marcher un peu dans le quartier. Elle n'avait pas envie de courir. Pour la première fois depuis des années, elle n'éprouvait pas le besoin de se mettre dans le rouge, de se faire mal physiquement.

Elle reprendrait la course. Dans quelques jours, ou quelques semaines ; mais plus pour les mêmes raisons. Elle courrait pour se faire du bien, pour entrer en connexion avec son corps et non plus pour le punir, ni le maîtriser. Elle n'avait plus rien à poursuivre : ses démons avaient enfin été chassés, et la vie lui offrait un éventail infini de possibilités. Elle n'avait plus qu'un chemin devant elle, celui du bonheur.

Ainsi, elle arpenta le petit chemin du cap de Nice. La promenade était courte, mais la vue de la Méditerranée, le fracas des vagues et l'air marin étaient son carburant. Il ne lui suffisait que de quelques minutes de ce cocktail pour sentir l'optimisme venir lui regonfler les voiles. D'autant qu'elle prenait plaisir à croiser les mêmes gens régulièrement. Il y avait les habitués, dont elle ne connaissait rien, mais dont elle aimait revoir les visages. On se souriait, on ne se parlait qu'à peine. On ne savait rien les uns des autres, mais on partageait cette communion avec la nature, à quelques mètres de la jungle urbaine, avec cette impression d'y avoir échappé. Quelques instants au moins.

Lalie pensait à tout ce qui lui était arrivé ces derniers jours, un vrai bouleversement. Presque un tsunami. Elle était si heureuse de sa rencontre avec Christophe. Cet homme semblait si prévenant. Elle avait raté son appel quelques heures auparavant. Il lui avait laissé un message plein de joie. Il ne serait pas joignable de la journée, car il allait la passer sur les pistes. En revanche, il la rappellerait sans faute avant d'aller se coucher afin d'être le dernier de la journée à lui dire qu'il l'embrassait. Lalie aimait le sentir à la fois investi dans cette relation qui naissait, sans toutefois brusquer les choses, ni se montrer trop intrusif.

Son téléphone vibra. Elle regarderait un peu plus tard. Hors de question de se déconnecter immédiatement de sa bulle. Le monde pouvait bien attendre encore un peu. Elle s'arrêta face à la mer. Elle la surplombait, et ça lui donnait une impression de toute-puissance. Elle était libre, tellement libre, enfin libre. Elle emplit ses poumons : cela faisait longtemps qu'elle ne s'était pas sentie si bien. Autant à sa place. Rien ne pouvait l'arrêter, elle le sentait. Elle le savait, et chaque pore de sa peau le lui confirmait.

Elle repartit d'un bon pas et, par réflexe, elle consulta son téléphone.

Un SMS l'attendait. De Léo.

> Pardon pour ce silence radio. Je hais la période de Noël… j'avais besoin de me couper du monde quelques jours. J'attends ton appel.

Chapitre 22

J'attends ton appel. J'attends ton appel.

Cette dernière phrase tournait en boucle dans son esprit. Quel culot !

Tu attends ? Parfait, eh bien, tu peux continuer à attendre longtemps.

Elle ne répondrait pas. Elle démarrait une relation avec Christophe, un homme bien sous tous rapports, qui ne la faisait pas lanterner. Quelqu'un de simple, d'optimiste. En apparence, sans rien à cacher ni à exorciser. Elle en avait assez bavé. Elle avait droit à quelque chose de frais, sans prise de tête. Léo avait des soucis, était mal dans sa peau… soit, mais ce n'était pas son problème à elle.

Alors pourquoi y penser sans cesse ?

Le tatouage continuait à l'obséder : « Attrape-moi si tu peux. » Un défi, une bravade. Évidemment qu'elle oserait. Mais pouvait-on saisir Léo au vol ? Et puis, souhaitait-elle courir derrière ce qui semblait s'enfuir sans cesse ? Les choses semblaient compliquées avant même d'avoir commencé.

Pourtant, il y avait ces mots sur cette nuque, cette coupe courte et insolente, ce sourire, ces yeux…

Elle sentit une décharge d'électricité dans tout son corps. La passion ou la raison ? Elle appréciait Christophe, il lui plaisait. Mais Léo… C'était un feu dévorant. Lalie prendrait-elle le risque de se brûler ?

Non, elle avait décidé de revoir Christophe. Dans quelques jours, il serait de retour de sa virée entre amis. Une nouvelle année allait commencer, et cette relation était pleine de promesses.

Ne pas répondre à Léo… même pas pour décliner. Faire la morte, elle aussi. Feindre de ne jamais rien avoir reçu. Voilà, c'était parfait. Effacer son numéro serait sans doute même plus sage.

Pourtant, elle ne pouvait s'y résoudre… une petite voix lui soufflait que ce n'était pas si grave. Que si elle revoyait Léo, au moins, elle saurait. Qu'elle ne risquerait pas un jour de regretter, de garder en elle le goût du doute. Alors elle craqua et envoya un SMS. Ses bonnes résolutions n'auraient pas tenu bien longtemps.

Demain, je ne bouge pas de chez moi. Je fais du thé, apporte des macarons. Au chocolat, s'il te plaît, sinon je ne suis pas certaine de t'ouvrir.

La réponse ne se fit pas attendre.

Je passerai vers 15 h. Hâte de te revoir.

* * * *

Il y avait d'abord eu de la gêne. Puis la conversation s'était engagée tout naturellement, sans toutefois revenir sur la « disparition » de Léo. Lalie n'avait pas osé remettre le sujet sur le tapis.

Après le thé, Léo proposa une virée au parc du château de Nice, afin « d'éliminer les macarons ». Une excellente idée, car Lalie peinait à savoir comment se comporter et ce que sous-entendait réellement sa présence. De la curiosité ? L'envie de faire connaissance et créer une amitié ? Ou la possibilité d'arrêter de réfléchir et se laisser aller ?

Sur le trajet qui les mena de l'appartement de Lalie jusqu'au bout du quai des États-Unis, c'est à peine si la jeune femme écouta Léo, qui parlait pourtant sans discontinuer de ses projets pour l'été.

Le « On prend l'ascenseur ? » de Léo la coupa dans ses pensées. Lalie esquissa un sourire.

Ce qu'on appelait le château de Nice était en réalité les vestiges de ce qu'il avait été, sur une sorte de petite colline qui semblait mystérieusement plantée au-dessus de la mer. Une volée vertigineuse de marches permettait d'en rejoindre le sommet.

— Tu sais que la vue depuis l'escalier est magnifique ?

Devant l'air boudeur et peu convaincu de Léo, l'option ascenseur fut finalement retenue.

L'air était frais, mais le ciel d'un bleu sans nuages. Le soleil, même s'il peinait à réchauffer les Niçois, brillait fièrement. Léo s'étira sur l'esplanade centrale, point culminant du site. Tout autour, les gens marchaient, couraient. Des enfants criaient leur joie du plein air et galopaient vers l'aire de jeux. L'endroit était assez calme en hiver, délivré des touristes. Pourtant, c'était sans conteste à cette période que la région avait le plus de charme, qu'elle perdait ses atours bling-bling.

Lalie se sentait bien. Avait-elle des scrupules à se trouver là avec Léo plutôt qu'avec Christophe? Elle n'y pensait tout simplement pas. Léo, solaire, avait pris toute la place. Les oiseaux sur sa nuque aussi… «Attrape-moi si tu peux.» C'était sans doute le bon moment. Mais là, comme ça, au milieu de tous ces gens, elle n'oserait pas. Ce n'était pas dans ses habitudes de s'afficher ainsi. Pourtant, tous les indicateurs étaient au vert: le sourire de Léo, ses yeux complices, les papillons dans le ventre, et ces lèvres qui n'aspiraient qu'à en butiner d'autres…

Léo lui prit la main, alors elle proposa:

—Je n'ai pas eu le dernier mot pour l'escalier… alors cours avec moi jusqu'à mon endroit préféré.

La cascade. Un point incontournable pour Lalie. Elle adorait entendre le fracas de l'eau dans le bassin. L'été, elle venait même s'y rafraîchir.

Le vent soufflait suffisamment ce jour-là pour asperger cet embryon de couple. En revanche, la température ambiante était un peu basse pour tenter la douche glacée. C'était si beau! Et tellement grisant! Un petit cri échappa à Lalie, suivi d'un «Mon Dieu, ça caille!». C'était sans doute un signal… à moins que ce fût un simple réflexe. Léo, dans un geste, quitta sa veste et s'en servit pour se cacher dessous, avec elle. À l'abri de l'eau… et des gens.

— Je peux ? s'enquit la voix tremblante de Léo.

— Tu peux quoi ? feignit de demander Lalie.

Lalie cherchait à gagner du temps. Mais elle ne savait pas si c'était pour profiter de ce moment où tout est encore possible, ou parce qu'elle craignait de basculer dans le vide. Elle n'entendit qu'un « ça », avant de sentir sur ses lèvres quelque chose de doux, de frémissant. Léo l'embrassait. Ou plutôt Léo l'effleurait. À peine. Comme pour lui laisser encore le choix de refuser, comme pour l'inviter, sans la forcer. Les lèvres de Léo avaient un léger goût de macaron. C'était bon. On ne l'avait jamais embrassée ainsi. Alors elle serra Léo contre elle et lui rendit son baiser. Plus langoureusement, hésitant cependant à lui dévorer les lèvres. Son corps s'embrasait. Comme jamais. Leurs lèvres se descellèrent quelques instants. Suffisamment pour que Léo puisse demander : « Tu es certaine de ce que tu fais ? »

Lalie ôta la veste qui les abritait de l'eau et d'éventuels regards indiscrets.

— Je pense que je n'ai jamais été aussi à ma place qu'aujourd'hui, répondit Lalie.

Et elle offrit à Léo le baiser le plus passionné jamais échangé.

* * * *

Une fois la journée terminée et l'émotion retombée, Lalie cogitait, seule dans son appartement. La voilà qui jouait maintenant sur deux tableaux. D'un côté, Léo l'insaisissable et, de l'autre, le rassurant Christophe.

Même si le baiser avec Léo l'avait emportée plus haut que jamais, elle se méfiait des retombées. Léo avait bien « disparu » une première fois, rien ne l'empêchait de recommencer. Il était hors de question de mentir à Christophe. Elle devait mettre fin à une des deux relations. Après tout, elle s'était contentée de flirter. Dans les deux cas. Il n'y avait vraiment pas de quoi fouetter un chat. À son âge, cela ne relevait tout de même pas de la haute trahison. Elle devait couper court avec Christophe. Il était sans doute l'homme parfait, mais il n'était pas Léo. Aucun des hommes qu'elle avait pu rencontrer jusqu'à présent n'était Léo… Comment l'auraient-ils pu ? Léo, c'était… autre chose. Mais une petite voix intérieure lui criait qu'elle allait se brûler. Que Léo, c'était plus qu'elle pouvait assumer.

À qui se confier ? Même si les liens avec sa sœur s'étaient resserrés, elle ne se voyait pas tout lui déballer. Quant à Maggy… elle regrettait de ne pas lui avoir dit la vérité dès le départ. Désormais, elle craignait de blesser son amie en lui avouant ce qu'elle lui avait caché. D'autant qu'elle semblait tellement fière de lui avoir présenté Christophe…

En l'espace de quelques minutes, Lalie changea d'avis un millier de fois… Si elle laissait le sort trancher ?

Elle continuerait à sortir avec la première des deux personnes qui lui enverrait un message. Elle n'avait pas d'idée plus brillante pour se décider. Elle irait patienter dans un bain moussant. Pas très écologique, mais elle ne se l'accordait que rarement et faisait particulièrement attention à ne pas laisser couler l'eau inutilement en temps normal. Elle espérait secrètement que l'un des deux ne tarderait pas à lui faire signe. Elle n'eut pas le temps de s'impatienter que son téléphone sonnait. Deux SMS. Simultanés. Comme un fait exprès…

Quand celui de Christophe affichait :

J'ai beau m'éclater avec les potes, je ne pense qu'au moment de te retrouver, celui de Léo proposait :

Tu fais quelque chose le 31 ? Si ça te dit, achevons cette année ensemble.

Chapitre 23

31 décembre 2012

Elle allait passer le réveillon avec Léo. En cachette. Elle avait dû mentir à tout le monde, prétextant honteusement avoir envie de calme et de solitude pour changer d'année. Après tout, elle n'avait fait que travestir la réalité : « Les lieux bondés où tout le monde s'embrasse, très peu pour moi. Je n'ai pas envie de ça cette année. » Maggy était trop loin, et sa sœur avait compris qu'il n'était nul besoin d'insister. Ses parents, encore sur un nuage d'avoir passé Noël avec elle, non plus. Lalie avait besoin d'espace pour assimiler toutes les nouvelles données, et tout le monde ignorait à quel point sa vie était mouvementée depuis quelques semaines.

Elle se chargerait de tout. Léo n'aurait plus qu'à mettre les pieds sous la table. Si tu insistes, je me chargerai de t'apporter un cadeau alors. Lalie avait espéré que la soirée se passerait chez Léo, pour découvrir son univers. La proposition ne venant pas, elle avait préféré anticiper et tout organiser. Il serait toujours temps de découvrir l'intérieur de Léo, une autre fois. Lalie avait donc entamé un ménage drastique : rangement, poussière, elle se demandait même si ce ne serait pas l'occasion de faire les vitres. Elle était en train de tirer les meubles, à deux doigts de dégainer l'aspirateur, quand le bruit de l'interphone se fit entendre. Étrange, elle n'attendait pourtant personne avant le soir. Elle décrocha le combiné, agacée par l'interruption :

— Madame Lanzieux ? Une livraison pour vous.

— Vous êtes sûr… je n'ai rien commandé… J'habite au troisième. Vous montez ou vous préférez que je descende ?

— Je vais monter. Enfin, si vous m'ouvrez.

Elle appuya sur le bouton d'ouverture de la porte du hall et sortit sur son palier. Quand les parois de l'ascenseur s'ouvrirent, elle ne fit qu'entrevoir le livreur derrière un énorme bouquet de fleurs. Elle n'en revenait pas. Quelle charmante attention ! Léo savait y faire !

— Je vais vous demander une signature sur le bon de livraison. Il y a une petite carte accrochée au bouquet. Dites-moi, on ne s'est pas moqué de vous ! Ce bouquet est presque aussi large que moi.

Il fallait reconnaître que ce livreur avait des proportions agréables… Mais Lalie n'avait d'yeux que pour la carte et brûlait d'être seule pour la lire.

Lalie gratifia le jeune homme d'un sourire et d'un pourboire. Si les choses avaient plutôt mal démarré, après sa disparition, Léo semblait vouloir se racheter. Une fois la porte refermée, Lalie posa le bouquet sur la table de son salon et attrapa fiévreusement la carte.

Elle espérait des mots doux, aussi doux que le baiser échangé au pied de la cascade.

Je sais que nous ne serons pas ensemble ce soir.
Alors, pour te faire patienter, je t'envoie ces quelques fleurs.
J'espère qu'elles embaumeront ton cœur.

Je t'embrasse,
Christophe.

Décidément, rien ne se déroulait comme prévu. À croire qu'une puissance supérieure souhaitait l'embrouiller, ou même la faire culpabiliser. Elle ne pouvait pas se voiler la face plus longtemps : elle jouait bel et bien sur deux tableaux. Peu importait finalement que rien de charnel n'ait encore eu lieu avec aucun des deux, Lalie commençait à percevoir l'engrenage dangereux dans lequel elle était en train de mettre le doigt. Elle allait devoir trancher avant d'être prise dedans jusqu'au coude.

Elle saisit son téléphone et chercha le numéro de Christophe. La première des choses à faire était de le remercier. En effet, une fois passée la surprise du destinataire, cette attention la touchait au plus haut point. Elle avait certes un peu de mal à se réjouir pleinement de la situation, mais elle n'aurait réellement su dire si c'était parce qu'elle était surprise ou plutôt déçue que Léo n'en soit pas à l'origine. C'était peut-être davantage le genre de Christophe.

Elle lança l'appel, espérant tomber sur le répondeur. Christophe devait skier à cette heure-ci, elle laisserait un message et pourrait sans doute différer la conversation et donc sa décision de quelques heures. Une fois la soirée passée avec Léo, elle saurait, c'était certain.

Christophe décrocha à la première sonnerie.

— Bonjour, toi ! Quel plaisir de voir ton nom sur mon écran !

— Bonjour ! Quel plaisir de voir ton nom sur une petite carte accompagnant un énorme bouquet de fleurs !

— Ah, ça y est ? On te l'a livré ?

— Oui, et je suis très émue de ton geste.

— Comme je serai loin de toi ce soir, et que je crains d'être déjà fort alcoolisé à minuit… Je me suis dit qu'avec un bouquet de fleurs tu n'ignorerais pas à quel point je pense à toi.

Cet homme était tout droit tiré d'une romance, il ne pouvait pas être réel. Lalie doutait de pouvoir un jour rencontrer de nouveau un homme aussi attentionné que Marc. Elle songea immédiatement à cette pauvre Maggy, qui avait eu largement sa part de losers, et en conclut que tout le monde n'était pas à égalité devant le karma des belles rencontres.

— Alors de nouveaux projets en vue, ce soir ? Ou tu persistes dans ton plan solo ?

— Décidément, ça étonne tout le monde que je veuille m'éviter la foule et la liesse de la Saint-Sylvestre. Pour être honnête, j'ai légèrement bouleversé mes plans. Une soirée en mini-comité, je vais concocter un petit dîner, un truc simple.

Certes, Lalie avait menti, ou plutôt travesti la réalité. Cela lui laissait une petite marge de manœuvre, et elle s'en tirait avec un demi-mensonge. Ainsi, elle avait moins de risques de faire une boulette si elle était amenée à parler de sa soirée.

— Quelle chance ! J'espère que tu m'en concocteras un de dîner à moi aussi…

— Vendu ! Dès que tu rentres, je te cuisine ce que tu veux !

Lalie regretta aussitôt d'avoir exprimé un tel enthousiasme. Si la soirée avec Léo se passait tellement bien qu'elle prenait la décision de ne pas revoir Christophe, elle aurait encore plus de mal à lui expliquer le revirement de situation…

Quelques heures… voilà tout ce dont elle avait besoin. Ensuite, elle se déciderait. La soirée avec Léo serait forcément déterminante.

— Je t'embrasse, Lalie. Je vais rejoindre mes potes. Ils vont encore se foutre de moi. Paraît que j'ai un sourire niais quand je parle de toi.

* * * *

Lalie avait décidé de se mettre à son avantage. Fêter la nouvelle année à domicile n'interdisait pas de s'apprêter. Elle espérait voir des étincelles dans les yeux de Léo. Elle avait employé la journée à se bichonner et à rendre son intérieur encore plus douillet et accueillant. Elle n'arrivait pas à s'ôter de la tête qu'elle jouait avec le feu. Et le bouquet de Christophe, qui trônait fièrement dans le salon, le lui rappelait sans cesse.

À partir de quel moment pouvait-on dire que l'on trompait ? Certes, elle avait embrassé Léo… certes, elle entretenait un lien de séduction avec les deux… mais elle n'avait couché avec personne… Lalie jouait sur les mots et n'était pas dupe. En revanche, elle était déterminée à trancher le plus vite possible, car cette incertitude ne lui convenait pas. Autant de temps de solitude pour que désormais ça se bouscule ainsi devant sa porte…

Elle se demanda ce que Marc aurait songé de la situation. Depuis les révélations de Lorène, Lalie était de nouveau en accord avec cette partie de sa vie. Pouvoir de nouveau penser à lui avec douceur avait cautérisé des plaies. Certes, elle percevait que son deuil était encore incomplet – désormais, elle se sentait le droit d'éprouver un simple chagrin –, mais il n'y avait plus de colère en elle. Elle eut la vision du sourire de son ex-mari. Il lui aurait surtout conseillé de prendre soin d'elle, de ne rien faire qui pût l'abîmer. Il n'y avait qu'une lettre d'écart entre « aimer » et « abîmer », et il était si facile de passer de l'un à l'autre.

Quand la sonnerie retentit, Lalie sentit son ventre se nouer. Elle était impatiente à l'idée de cette soirée dont elle espérait beaucoup. Léo lui plaisait tellement…

même si elle pressentait que les choses seraient moins faciles qu'avec Christophe, l'attirance était là. Elle ne se l'expliquait toujours pas, mais elle avait décidé de se laisser aller et de voir où son cœur (et son corps) allait la porter.

Quand elle ouvrit, Léo arborait un sourire resplendissant et lui tendit une jolie rose. Lalie ne put s'empêcher de faire la comparaison avec l'énorme bouquet de Christophe. Bouquet que Léo ne put ignorer en entrant. Même si aucune remarque ne fut proférée, son regard curieux n'échappa pas à Lalie, qui ne releva pas : ne rien dire, ce n'était pas mentir.

— On ne s'embrasse pas ? osa Lalie.

Après le baiser échangé au pied de la cascade, Lalie s'attendait à des retrouvailles un peu plus intenses.

— Je me connais… si je t'embrasse maintenant, ne serait-ce que du bout des lèvres, nous ne toucherons pas à ton repas avant les douze coups de minuit, répondit Léo, avec un sourire narquois.

— Peut-être que je n'ai pas très faim… je n'ai rien cuisiné qui ne puisse être réchauffé dans les heures qui viennent.

Cette fois, Léo éclata franchement de rire :

— Tu es une vraie chipie ou j'interprète mal ? Au risque de te décevoir, si je ne mange pas rapidement, je ne serai pas en mesure d'assurer quoi que ce soit ensuite. Je voudrais pas avoir l'air de geindre, mais mon estomac crie famine. Et, dans cet appartement, y a pas que toi qui sentes bon.

Léo préférait manger plutôt que se jeter sur elle. Lalie ignorait si elle devait bien le prendre. Ce qu'elle savait, en revanche, c'est que son cœur battait à tout rompre, que tout son corps s'enflammait dans la foulée. Si on lui avait dit, quand elle avait heurté Léo dans la rue, qu'elle l'inviterait chez elle pour le Nouvel An, prise d'une envie irrésistible de lui faire l'amour… elle aurait ri face à l'énormité d'une telle éventualité. Et pourtant… Léo se tenait devant elle, et toute envie de souper s'était évanouie. Néanmoins, elle se reprit et l'invita à la suivre dans le salon. Elle avait préparé un assortiment de choses à picorer tout au long de la soirée. Ainsi, il n'était pas exclu qu'une fois l'estomac un peu calé, Léo ne se laisserait pas tenter par quelques baisers, et plus si affinités.

— Alors, raconte-moi, tu as fait quoi de beau aujourd'hui ? amorça Lalie tout en remplissant deux coupes d'un excellent champagne rosé.

— J'ai rendu visite à ma grand-mère. Elle était curieuse de connaître mes plans pour le Nouvel An. Je lui ai parlé de toi, de notre escapade au château.

— Ah oui ? Et comment elle a réagi ?

— Elle m'a dit de me méfier, qu'elle connaît la propension de mon cœur à s'emballer trop vite. Elle a peur de me voir de nouveau tomber de très haut.

— Ah… c'est peut-être un peu pour ça que tu ne m'as pas embrassée en entrant alors.

— Non vraiment, Lalie, je meurs de faim, c'est tout. Tu sais, puisque tomber de haut signifie qu'on est monté très haut, je veux bien prendre le risque.

Mais je ne suis pas du genre à faire des folies de mon corps avant d'avoir un peu échangé avec ma partenaire.

— Et sans avoir mangé, oui, j'ai bien compris, ajouta Lalie en lui tendant une assiette d'amuse-bouche. N'essaie pas de te la jouer intello, tu es un ventre sur pattes, un point c'est tout.

Pour toute réponse, Léo enfourna une mini-quiche.

La soirée se poursuivit de manière très agréable. Lalie avait l'impression de toujours avoir connu Léo. Certes, ce n'était encore que le temps de la découverte de l'autre, mais tout était si simple, si naturel. On se dévoilait comme si l'on avait toute confiance en l'autre, comme si l'on savait déjà que l'on pourrait tout dire sans jamais subir le jugement de l'autre.

— Ah, tiens-toi prête, s'exclama soudain Léo. Le compte à rebours a commencé ! Il sera bientôt minuit.

— Maintenant que ton estomac ne crie plus famine, tu ne pourras plus esquiver mon baiser, susurra Lalie avec une moue faussement boudeuse.

— Je ne compte pas attendre une seconde de plus. Je ne vois qu'une bonne manière de finir une année et d'en commencer une autre en beauté : par un très long baiser.

Léo serra Lalie dans ses bras. Leurs deux corps frémirent à ce premier contact. Leurs lèvres ne prirent pas le temps de se chercher, elles se trouvèrent aussitôt.

Et ce baiser assura à merveille la transition entre 2012 et 2013.

— Lalie… j'ai envie de plus que tes lèvres. Tu m'autorises à enlever tous tes vêtements et à te faire l'amour ?

Jamais personne n'avait pris la peine de lui demander aussi franchement son consentement, et Lalie en fut à la fois émue et excitée. Elle avait l'impression de s'offrir, mais aussi de maîtriser la situation. Elle trouva cela grisant.

— Oui, je t'y autorise, parvint-elle à dire dans un doux gémissement.

Léo recula d'un pas, articula un « Que tu es belle ! » tout en déshabillant Lalie avec délicatesse.

Une bonne partie de la nuit, leurs deux corps se mêlèrent, avec la même évidence que leurs âmes et leurs lèvres l'avaient déjà fait.

Chapitre 24

Quand Lalie se réveilla, elle se sentait tellement bien. Les dernières tensions qui avaient pu entraver son corps et son esprit avaient disparu. Elle avait l'impression que sa peau avait encore l'odeur du corps de Léo, que ses draps avaient encore l'odeur du corps de Léo. Tout naturellement, elle étendit la main pour toucher le corps de Léo. Mais personne n'était à côté d'elle dans le lit. Léo devait prendre un café, ou une douche… Lalie ouvrit péniblement un œil ; la lumière derrière les persiennes suggérait que la journée était déjà bien entamée. Elle s'étira, l'oreille en quête d'un bruit, d'un signe de vie. Elle goûtait le plaisir qu'on ressent quand on sait qu'on a fait le bon choix, qu'on est à sa place et que tout va aller pour le mieux. Cette soirée avec Léo… et cette nuit… une évidence…

Elle se leva et décida de ne rien enfiler. Ainsi, elle ramènerait Léo dans son lit dans les plus brefs délais. L'appartement était étrangement vide. Personne aux W.-C, ni dans la salle de bains. Personne dans le salon non plus. Direction la cuisine. Même constat. Lalie ne s'inquiéta pas : Léo était sans doute quelque part entre ici et la boulangerie. Il n'y avait pas d'autre explication. Elle revint dans sa chambre, histoire de mettre quelque chose.

C'est là qu'elle le vit : un morceau de papier posé sur sa table de chevet. Elle s'empressa de le déplier et de le lire :

Sorry, miss… Commencer l'année en faisant l'amour ensemble n'était pas une bonne idée… Hurle, déteste-moi, mais ne me contacte plus… ce n'est bon ni pour toi ni pour moi. Léo.

Lalie était abasourdie. Elle relisait en boucle ces mots dont, certes, elle comprenait le sens littéral, mais qui ne formaient pourtant aucun sens concret. Comment en était-on arrivé là ? Une super soirée, une folle nuit d'amour et une lâche fuite pendant son sommeil. Léo l'avait baisée… dans tous les sens du terme.

Elle s'assit, sur le point de suffoquer. Elle avait voulu jouer sur les deux tableaux, elle avait cru maîtriser. Elle avait même pensé avoir trouvé avec qui démarrer une belle histoire. Mais cette personne avait levé les voiles, sans même prendre la peine de la regarder dans les yeux. En douce ! Certes, elle économisait du temps, mais la baffe était violente. Elle allait devoir prendre un peu de recul pour digérer.

Quand la sonnerie de l'interphone, stridente, retentit.

Chapitre 25

Léo revenait ! Il ne lui avait pas fallu longtemps pour changer d'avis. Ce mot avait été écrit à la hâte, puis la conscience que c'était une ânerie avait aussitôt surgi. Lalie était vexée, mais elle pouvait comprendre les blessures des autres. Elle en avait pris elle-même tellement plein les dents. Voilà tout ce qui fusait dans sa tête lorsqu'elle décrocha le combiné de son interphone. Elle se fendit d'un « Oui ? » mi-amusé, mi-sarcastique.

— Surprise !!!!!

Quelque chose ne collait pas. Comment ça, « surprise » ? Toute à ses pensées, elle n'avait qu'à peine cherché à écouter ce que Léo allait lui sortir. Comment ça, une surprise ?

— Lalie, allô ! Tu es toujours là ?

Mais cette voix, cette voix… ce n'était pas du tout Léo…

— Lalie, c'est Christophe, ça va ? Tu m'ouvres ?

Christophe… ah ça, pour être une surprise, c'en était une. Et pas des moindres.

— Ah, génial ! Excuse-moi, je me réveille à peine. Je t'ouvre !

En moins de temps qu'il ne faut pour le dire, Lalie ajouta un peignoir à sa nuisette – elle ne connaissait pas suffisamment Christophe pour le recevoir en petite tenue – et planqua le mot de Léo dans sa table de nuit. Pour le reste, ma foi, elle n'avait pas caché réveillonner avec quelqu'un la veille. Christophe ne serait pas étonné de trouver les reliefs d'une soirée.

Il ne lui restait plus qu'à faire bonne figure. Elle aurait voulu avoir juste un peu plus de temps pour analyser la situation, pour savoir ce qu'elle voulait faire suite à ce fiasco. Elle ne pouvait tout de même pas passer dans les bras de Christophe comme si de rien n'était. Elle s'était sentie si bien la veille, prête à prendre une décision. Le départ de Léo remettait les choses en question. Mais le fait d'avoir fait l'amour… cela semblait annuler toute possibilité de fréquenter Christophe, à moins de débuter une relation sur une sacrée zone d'ombre. Un choix par défaut n'était-il pas forcément voué à l'échec ?

Lalie avait réussi à se recomposer un visage quand elle ouvrit la porte. Elle souriait à pleines dents, et l'on aurait pu croire que c'était le plus beau jour de sa vie. Certes, ça aurait pu, mais l'ange Cupidon jouait au perfide ces dernières heures…

— Je sais, ça peut sembler malvenu de débarquer au petit matin, sans prévenir, chez une demoiselle avec laquelle on n'a pas tant d'intimité que ça, mais…, embraya directement Christophe.

Lalie se contenta de mettre un doigt sur les lèvres de son visiteur et de ponctuer ce geste d'un léger « Chut ! ». Elle ouvrit plus grand la porte et lui fit signe d'entrer.

— Oui, mais tu as bien dit que c'était une surprise, répondit-elle, dans un large sourire.

La situation était des plus tendues, mais Lalie devait reconnaître que c'était charmant. Peu importait son désordre intérieur, ce n'était pas une raison pour ne pas apprécier la gentillesse du geste de cet homme.

Elle l'invita à s'asseoir au salon, après lui avoir demandé de ne pas faire attention au bazar. Elle le laissa quelques instants, le temps de débarrasser. Puis elle revint armée de deux tasses fumantes.

— Une petite tisane détox pour bien démarrer l'année ! Bonne année, au fait ! Alors raconte-moi ce que tu fais là. Tu t'es trompé de piste, et tes skis t'attendent en bas ?

— Figure-toi que, déjà hier soir, je mourais d'envie d'être avec toi. Et puis… tu vas me trouver stupide… d'autant que… mais bon, tant pis je me lance.

Il était à craquer avec sa bouille gênée : on aurait cru qu'un enfant avait été emprisonné dans un corps d'adulte. Il poursuivit :

— J'ai passé la soirée à me dire que, si je traînais trop, j'allais te perdre. Avant même que notre histoire ait réellement commencé, j'en suis conscient. J'avais comme un mauvais pressentiment. Une part de moi avait l'impression que tu passais une folle nuit d'amour. Sans moi.

Christophe, tout à sa confidence, ne remarqua pas le malaise de Lalie.

— Ne va pas croire que c'est de la jalousie, ou du manque de confiance. Ou je ne sais quoi de déplacé, surtout qu'on n'en est encore qu'aux balbutiements, toi et moi.

La jeune femme était en proie à une multitude d'émotions contradictoires, et elle gigotait littéralement sur place. Pendant ce temps, Christophe continuait ce qui commençait à ressembler à une déclaration.

— Ce matin, au réveil, alors que tous mes potes pionçaient, j'ai pris la route. Tu vas me prendre pour un dingue, mais je me disais que je devais saisir ma chance avant qu'elle s'envole. Je comprendrais que ce ne soit pas réciproque, mais voilà, je voulais que tu saches que tu me plais vraiment. Que tu m'as manqué ces derniers jours. Et que je crevais d'envie de t'embrasser encore.

Il était si touchant que Lalie déposa un baiser sur sa bouche.

Très léger, cependant.

Christophe ne le savait pas, mais sur les lèvres de la jeune femme aux pieds de laquelle il venait de tout déposer se trouvait encore le goût de quelqu'un d'autre. S'il perçut un peu de réserve ce matin-là, il le mit sur le compte de leur relation naissante, du passé de Lalie. Mais aussi sur celui d'une pudeur que l'on a tendance à attribuer aux femmes.

Il ne pouvait savoir ce qui s'était joué là, peu de temps auparavant, et tout ce qui s'y jouait encore, finalement.

Chapitre 26

Christophe n'était pas resté longtemps. Il n'avait pas l'intention de brusquer les choses, ce qui tombait parfaitement bien.

Lalie avait besoin de temps pour réfléchir au marasme de sa vie. La duplicité n'était pas dans ses habitudes. Loin de là.

À présent, elle ne rêvait plus que de calme, que de vide dans sa tête.

Elle avait déversé un peu de sa colère envers Léo dans un long footing en bord de mer. Après quelques heures de réflexion, elle avait conclu qu'elle ne tenterait même pas de l'appeler. Au diable ! Elle ne forcerait pas la situation et ne passerait pas sa vie à courir derrière quelqu'un semblant prendre plaisir à disparaître. Léo avait sans doute plus de choses qu'elle à régler, cela ne faisait aucun doute. Lalie avait déjà perdu assez de temps pour ne pas vivre à fond désormais.

Elle avait hésité sur la suite à donner à sa relation avec Christophe. Elle se sentait terriblement mal vis-à-vis de lui. Devait-elle lui dire ce qui s'était passé ? C'était certes plus honnête, mais cela ne servirait qu'à le blesser. Devait-elle cesser de le voir ? Lalie n'aurait pas su quel prétexte fournir pour mettre un terme à quelque chose qu'elle prenait plaisir à vivre.

Elle craignait néanmoins les retombées de son mensonge. C'était l'enseignement qu'elle avait retiré de ces dernières années.

Elle voulut appeler Maggy, mais se souvint qu'elle était probablement sur la route du retour, avec l'homme qu'elle covoiturait. La journée s'étira entre une sieste et le bouclage d'une traduction. Se plonger dans les mots des autres était un excellent moyen de se vider l'esprit. Lalie aimait vivre par procuration toutes ces existences fictives, toutes ces aventures qu'elle n'oserait se permettre autrement.

Une des conséquences heureuses de ces derniers jours était de pouvoir reprendre une vie normale, plus proche de sa famille. Alors, le lendemain soir, elle accepta d'aller prendre l'apéritif chez ses parents. Ceux-ci avaient perçu que les liens entre leurs filles s'étaient resserrés. Ils ignoraient par quelle magie les choses s'étaient arrangées, mais l'un comme l'autre avaient toujours refusé d'interférer dans les relations des deux sœurs. Une histoire de pudeur. On respectait le jardin secret d'autrui, peut-être trop parfois.

Ce fut son père qui lui ouvrit la porte. Ils s'étreignirent longuement, et un léger « J'avais peur de devoir attendre des mois… » lui échappa. Lalie prit conscience qu'elle n'avait pas été la seule à souffrir.

Elle avait pensé qu'en expédiant toute cette histoire, qu'en mettant un lourd couvercle de plomb dessus, on passerait vite à autre chose. Mais, ce jour-là, elle n'était pas la seule à avoir beaucoup perdu. Les parents de Lalie aimaient beaucoup Marc. Mois après mois, il avait su leur faire oublier le démarrage un peu nébuleux de leur idylle, à Lalie et lui. C'est ainsi qu'ils avaient été dévastés par cet accident qui leur avait arraché leur beau-fils.

Georges et Viviane, les parents de Lalie, avaient en quelque sorte également perdu leur fille ce soir-là. Une part d'eux aurait souhaité comprendre ce revirement soudain de situation, mais ils préférèrent en déduire que le temps avait fait son œuvre. Ils connaissaient suffisamment leur fille pour savoir qu'il était contre-productif de vouloir entrer de force dans son intimité.

— Viviane, chérie, Lalie est là… à l'heure, en plus !

Celle-ci, habituée à la capacité de leur fille à leur faire faux bond à la dernière minute, était encore en pleins préparatifs de leur petite soirée.

— Je vois que maman ne te laisse toujours pas entrer dans la cuisine…

— De la même manière que je ne la laisserai pas toucher au rangement et au nettoyage ensuite. Pourquoi changer une équipe qui gagne ?

Ses parents étaient l'exemple type du couple moderne, rien n'était spécialement la prérogative de l'homme ou de la femme. Son père n'aimait pas trop cuisiner, en revanche il adorait repasser le dimanche soir en regardant des replays de séries. De fait, sa mère n'approchait jamais la centrale vapeur.

— Quel dommage que Lorène soit déjà repartie… je ne réalise que maintenant à quel point elle me manque.

— Ta mère et moi, on commençait à penser que quelque chose s'était définitivement cassé entre vous. Elle nous manque aussi, tu sais, mais elle aime l'Espagne. Et maintenant qu'elle fréquente Ruy…

— Vous ne souffrez pas trop de la voir si peu ?

— Tu habites à quelques kilomètres, pourtant ces dernières années, tu étais celle qui avait traversé une frontière. Mais c'est derrière nous, tout ça, hein…

Sa mère entra à ce moment précis, le sourire aux lèvres et les mains chargées de trois coupes et d'une bouteille de champagne.

Ne pas se retourner sur le passé, ni sur tout ce qu'il avait pu engloutir avec lui. Choisir au contraire de regarder droit devant et créer de nouvelles perspectives.

— Je déclare ouverte notre nouvelle habitude de trinquer au champagne le 2 janvier de chaque année.

Chapitre 27

3 janvier 2013

Lalie ne tenait pas en place. Elle avait reçu un message de Maggy, laconique mais plein de promesses :

Trop de choses à te raconter…

Elles avaient pris rendez-vous pour le soir même. Elle crevait d'impatience de découvrir comment s'était achevé le dîner de son amie. De son côté, elle confierait ses avancées avec Christophe, mais tairait l'épisode Léo. Elle avait décidé de passer cet entracte sous silence. Après tout, cette histoire ne menant à rien, autant faire comme si elle n'avait pas existé.

Enfin, ça… c'étaient des paroles. Léo continuait à hanter Lalie… elle n'arrivait pas à comprendre le départ précipité, ni le mot… on ne fuit pas ainsi, sans même avoir essayé. Leur étreinte avait peut-être déçu Léo. Voilà… Lalie n'avait pas été à la hauteur.

Même cette idée-là ne parvenait pas à la convaincre. Une première fois, c'est rarement brillant.

On cherche le corps de l'autre, on tâtonne, on tremble un peu. C'est toujours meilleur la fois suivante… et toutes celles d'après…

Lalie, stop, maintenant, tu te fais du mal pour rien…

Elle aurait voulu récupérer toute sa lucidité. Elle avait un gros rewriting à terminer, et les délais étaient serrés cette fois. La date de sortie en librairie était programmée, son éditrice lui avait donné le planning : elle n'avait aucune marge de manœuvre. Alors Lalie se replongea dans le très beau texte qu'on lui avait confié, essayant de ne pas coller des « Léo » à tout bout de page.

La journée passa vite, elle avait à peine eu le temps de s'arrêter pour déjeuner. Il lui restait un gros bol d'une excellente soupe de potiron faite la veille. Le texte sur lequel elle travaillait l'amusait beaucoup. Au départ, elle avait un peu rechigné à reprendre des traductions de romance. Elle se faisait une mauvaise idée de ces textes qu'elle qualifiait de « gnangnan ». Elle comprenait désormais que non seulement les gens avaient besoin de rêver au grand amour, mais aussi que les auteurs contemporains avaient dépoussiéré le genre. Les héroïnes y étaient de plus en plus indépendantes et libres. Elles assumaient leurs envies et leurs choix.

Quand elle atteignit la dernière page, Lalie était gonflée de la satisfaction du travail achevé, mais aussi le cœur plein d'enthousiasme, grâce à cette belle histoire dans laquelle les personnages avaient tellement évolué, avaient surmonté les obstacles pour faire triompher l'amour. Voilà le genre de lecture qui ne ferait pas de mal à Léo…

* * * *

Les deux amies se retrouvèrent au *Quai des Anges*, qui avait décidé de proposer des *afterworks* pendant l'hiver, afin de fidéliser la clientèle qui aimait lézarder sur sa terrasse l'été. Lalie avait fait découvrir son QG à Maggy, et cette dernière l'avait très vite adopté.

Lalie était déjà assise quand son amie arriva. Une fois encore, elle fut frappée de sa beauté. Maggy arborait une coupe courte et d'énormes créoles couleur or, à l'instar de toutes ces femmes noires et métisses qui militaient pour ne plus avoir à lisser ni boucles ni afros.

— Champagne ! annonça Maggy d'emblée. Entre la nouvelle année et ce que je vais te raconter, on devrait même prendre une bouteille. Et puis au diable l'avarice ! Martine, vous auriez une bonne bouteille, s'il vous plaît ?

— Avec plaisir, répondit la gérante. Je me charge de l'entourer de plein de bonnes choses à grignoter. Pour vous remercier de votre fidélité.

Maggy posa son sac à main et ouvrit ses bras à Lalie. Celle-ci se leva, et les deux amies s'étreignirent franchement. Dans le Sud, on était tactile.

— Que 2013 soit ton année, ma jolie Maggy !

— Je te garantis qu'elle va aussi être la tienne ! Je le sens, là, dans mes tripes ! C'est l'année de l'amour ! Comment va Christophe, d'ailleurs ? Tu le revois quand ?

— Ouais, ouais, on y viendra après… La priorité, c'est ton rencard à toi ! Raconte ! Je vais mourir de curiosité : littéralement !

Maggy ne se fit pas prier ! Elle flottait sur un petit nuage.

Elle avait donc covoituré avec Bastian la veille. Sur la route, ils avaient beaucoup échangé. Il lui avait relaté les circonstances de son retrait de permis. Quand la mère de sa fille lui avait dit qu'elle souhaitait rompre et emmener leur fille à une centaine de kilomètres, il avait perdu pied. Elle lui avait annoncé cela dans un restaurant, puis était partie, le laissant seul à digérer la nouvelle. Et il l'avait surtout arrosée… Une fois ivre, il avait pris le volant. Heureusement, il n'avait pas fait cinq cents mètres que la police l'arrêtait. Avec le recul, il mesurait sa chance. Qu'aurait-il pu se produire s'il avait conduit plus longtemps dans un tel état ?

Tout à son récit, Maggy ne perçut pas l'effroi qui venait de parcourir le corps de son amie. Rien de bon n'arrivait jamais quand on avait trop bu…

Depuis, il préférait faire du covoiturage plutôt que prendre le train ou le bus.

Leur dîner s'était tout aussi bien passé que leur retour du Var. Ils se sentaient à l'aise l'un avec l'autre et partageaient de nombreuses valeurs. Il n'était pas certain de vouloir un autre enfant, et Maggy ne mettait pas un point d'honneur à devenir mère. En revanche, elle savait que s'engager avec un homme, c'était l'accepter avec tous ses bagages. Ce qui ne l'effrayait pas le moins du monde. Bastian lui avait semblé être un homme équilibré et honnête, désireux de vivre l'existence de manière intense, tout en étant soucieux de ceux qu'il fréquentait. En fin de soirée, c'était Maggy qui lui avait demandé de monter boire un dernier verre chez lui… Elle avait ensuite préféré rentrer dormir chez elle, mais elle ne comptait plus tous les messages qu'ils s'étaient envoyés depuis.

— D'ailleurs, il n'est pas exclu que j'aille boire un café chez lui, tout à l'heure, conclut-elle avec un sourire qui en disait long.

Lalie enchaîna sur la surprise que lui avait faite Christophe, tout en omettant soigneusement de mentionner Léo. Maggy était si excitée par ce récit qu'elle ne pensa même pas à interroger Lalie sur la manière dont elle avait fêté la fin d'année. La seule chose qui l'intéressait était d'être à l'origine de cette rencontre, et de voir que ça démarrait comme sur des roulettes.

— Je devrais peut-être ouvrir une agence matrimoniale, en rapport avec le covoiturage. OK, ça peut sembler tiré par les cheveux. Mais ça nous réussit plutôt bien, je trouve.

— Mais oui, tu covoiturerais des hommes, tu ferais leur profil. Ensuite, tu les présenterais à des femmes qui auraient fait appel à tes services, plaisanta Lalie.

— Tu peux te moquer, mais ça pourrait marcher, cette manière de se rencontrer ! Allez, tends-moi ta coupe, elle est vide. Comme on rentre en tramway, on peut abuser un peu des bulles. On n'a qu'une vie, comme on dit…

Maggy avait parfaitement raison : cueillir toutes les opportunités qui se présentaient. Lalie devait cesser de tergiverser. Tout pouvait s'arrêter du jour au lendemain.

Léo avait fui ? Au diable, Léo !

Elle envoya un message à Christophe.

Tu me ferais un café… d'ici une heure ou deux ?

Chapitre 28

21 janvier 2013

L'histoire entre Maggy et Bastian commençait bien. Ils avaient passé une soirée à deux couples, et Lalie avait l'impression de n'avoir jamais vu son amie aussi souriante, aussi naturelle. Les tourtereaux projetaient même une escapade à Barcelone entre deux visites de Bastian à sa fille.

Lalie et Christophe filaient le parfait amour. Trop parfait, sans doute. Lalie s'ennuyait un peu. Maggy avait sa théorie là-dessus : trop de femmes ne s'entichaient que des mauvais garçons et étaient incapables de profiter du bonheur d'une relation sans encombre. Lalie ne validait absolument pas la théorie. Christophe était charmant, elle passait d'excellents moments avec lui. Il n'était pas lisse non plus, il avait son lot de défauts et d'aspérités. Mais son cœur ne battait pas en sa présence ; et, si elle était heureuse de le voir, il ne lui manquait pas pour autant. Elle le trouvait génial, mais elle ne vibrait pas. On ne pouvait pas tomber amoureux de toutes les chouettes personnes qu'on rencontrait.

Maggy lui avait conseillé de voir avec le temps. Toutes les histoires d'amour ne fonctionnaient pas de la même manière. Parfois, on s'enflammait, et tout retombait aussi vite. Parfois, l'amour se construisait dans la durée, et ce n'était que peu à peu que l'autre devenait essentiel. Lalie avait décidé d'écouter son amie. Certes, elle ne se pâmait pas en la présence de Christophe, mais elle se sentait bien, avait retrouvé une certaine sérénité. En revanche, certaines de ses paroles montraient qu'il commençait à se projeter : il voulait la présenter à ses amis, la sondait sur les vacances d'été. Comme il n'était pas frontal, elle pouvait se permettre de rester évasive, mais elle redoutait qu'il ne lui propose de rencontrer leurs familles respectives, par exemple.

Pour commencer, ils avaient prévu de s'évader un week-end à la montagne. Pour Lalie, c'était déjà donner du sens à leur relation.

Ils avaient convenu de prendre la route aux aurores, mais la jeune femme n'était pas une référence en matière d'organisation. Christophe le savait, alors il avait fixé une heure très matinale afin de partir en fait vers 10 heures. Il la regardait s'affairer, affichant un large sourire et se retenant sans doute de la taquiner d'aussi bon matin. Ce qui n'échappa pas à Lalie.

— Tu n'as pas besoin de parler, je sais ce que tu penses.

— Ah oui, dis-moi tout…

— Tu penses que je prends trop d'affaires, que je prends trop de temps…

— Oui, je dois reconnaître que je m'impatiente un peu. Et que je commence à me demander si on va pouvoir décoller avant midi.

Mais son sourire persistant contredisait son propos. Il s'amusait réellement de voir sa petite amie déployer beaucoup d'énergie, mais sans que son sac de week-end semble pour autant sur le point d'être bouclé. Christophe était ce qu'on appelle « une bonne pâte » : conciliant, toujours de bonne humeur, prenant la vie comme elle venait.

— Ah, je sais ce que tu peux faire pour m'avancer un peu. Tu pourrais aller déposer mon deuxième trousseau à Marnie, ma voisine.

— T'as vraiment besoin de donner tes clés pour deux jours d'absence ?

— On sait jamais, je t'assure. Et puis elle me tanne depuis un moment pour que je lui parle de toi plus en détail. Elle devrait te tenir la jambe un bon quart d'heure… juste ce qu'il me faut.

— D'accord, rouspéta Christophe pour la forme. Dis-moi juste dans quel endroit saugrenu tu les caches.

— Tout au fond de ma table de nuit.

— Ah, ah, il paraît que le chevet d'une femme, c'est aussi privé que son sac à main.

Et Christophe ne croyait pas si bien dire…

Il ne fallut que quelques secondes à Lalie pour se souvenir de ce qui se trouvait en évidence dans son tiroir. Le silence qui venait de s'installer n'augurait rien de bon. Cela lui sembla durer une éternité.

En effet, ce que Christophe y découvrit lui coupa littéralement le souffle. Le mot de Léo… que Lalie ne pouvait s'empêcher de relire régulièrement.

Une version inconnue de l'homme avec lequel elle sortait se tint soudain devant elle, brandissant le papier.

— Je voulais pas fouiller dans ta vie privée, mais…

— …

Un temps de silence s'installa de nouveau. Lalie et Christophe se regardaient, sans un bruit. Dans les yeux de Christophe, on pouvait lire de l'incompréhension, mais aussi de la colère. Dans ceux de Lalie, un mélange de résignation et de contrition.

— Je vais t'expliquer, tenta-t-elle d'une voix qui trahissait qu'elle n'en avait aucune envie.

— M'expliquer quoi, au juste ? Que tu t'es envoyée en l'air la nuit du Nouvel An ? Que tu sors avec moi, car tu t'es fait plaquer ?

Que répondre… c'était à la fois tellement vrai et tellement faux. Elle ne parvenait pas même à articuler un son. Par où commencer ?

— Et il faudra aussi m'expliquer la présence de ce mot dans ta table de nuit ! Pourquoi il y a une auréole dessus ? Tu as pleuré en le relisant ?

Ces mots dans la bouche de Christophe étaient à la fois une torture et un soulagement. Ce qu'il disait avait tellement de sens. Oui, elle avait pleuré. Oui, elle pensait à Léo, sans cesse. Malgré la brièveté de leur histoire, elle devait reconnaître que ce qui se jouait allait au-delà du simple désir. Lalie s'était attachée.

Le regard qu'elle adressa à Christophe étant suffisamment explicite, il enchaîna, sans même savoir si elle comptait dire quelque chose.

— Je m'investis dans une relation avec toi, je suis honnête. Je ne te brusque pas, car tu m'as confié ton passé. J'ai compris que ça peut être douloureux de voir mourir celui qu'on aime. J'ai mis ta réserve sur le compte du décès de ton mari et de tout ce qui l'a entouré. Je me suis dit : *Christophe, donne-lui juste un peu de temps ; cette meuf, elle vaut le détour.* Pendant ce temps, toi, tu t'étais envoyée en l'air avec un autre mec… et, bien qu'il t'ait plaquée comme une malpropre, tu continues à penser à lui.

— Non, j'ai pas couché avec un autre mec, tu te trompes…

— Je dois peut-être te relire le mot, pour te rafraîchir les idées, hurla Christophe pour la première fois. « *Sorry, miss… Commencer l'année en faisant l'amour ensemble n'était pas une bonne idée… Hurle, déteste-moi, mais ne me contacte plus… ce n'est bon ni pour toi ni pour moi. Léo.* » Alors ? Amnésique ou menteuse ?

— Non, je sais bien ce que j'ai fait. C'est juste que…

— « Juste que » quoi ?

— Léo… c'est une femme, pas un homme. C'est le diminutif de « Léonore ».

Chapitre 29

Il serait presque inutile de préciser que Christophe avait manqué de sang-froid. Sa première réaction avait été la sidération. Tellement convaincu que Lalie cherchait à noyer le poisson, il n'avait pas vu le coup venir. Tel un uppercut, il avait dû encaisser non seulement que sa copine pensait à quelqu'un d'autre que lui, mais que ce quelqu'un d'autre était une femme…

Il lui avait fallu quelques secondes pour trouver quelque chose à dire. Il n'avait d'ailleurs même pas pris en compte qu'à cet instant précis Lalie était en pleurs.

— Je ne sais pas quoi dire, était-elle parvenue à balbutier.

— Mais tu la revois ?

— Non, je n'ai aucune nouvelle.

— Tu sais, même si je suis surpris… je veux dire… on n'avait jamais abordé ce sujet… que tu sois également attirée par des femmes ne me pose aucun problème.

— Mais…

— Laisse-moi finir, Lalie, s'il te plaît. Je veux juste savoir si tu es passée à autre chose depuis cette nuit-là… si depuis, tu es engagée à cent pour cent avec moi.

Le silence qui s'ensuivit fut suffisamment long pour permettre à Christophe de comprendre que Lalie n'en savait rien. En effet, même si elle risquait de ne jamais revoir Léo, elle ne parvenait pas à se l'ôter de la tête. Elle pensait sans arrêt à la jeune femme androgyne. À la douceur de sa peau, à son odeur, à son rire aussi. Elle était indéniablement obsédée par elle.

— Je regrette, mais…

Christophe tendit la main pour lui intimer de se taire. Il murmura que ce n'était pas la peine d'en rajouter, qu'il avait compris. S'il ne laissa pas échapper une seule larme face à une Lalie qui, elle, ruisselait littéralement, il avait la gorge serrée et le cœur noué. Il froissa et jeta le papier sur le lit, tourna les talons et quitta la chambre.

Lalie entendit un bruit de clés, puis de porte qui claque. Il était parti, elle était seule. Était-elle triste, ou soulagée de ne plus avoir à mentir ? Un peu des deux sans doute. Elle avait beaucoup d'affection pour Christophe, et il lui manquerait. En revanche, elle ne pouvait pas sortir avec lui par dépit, même si l'histoire avec Léo était, elle aussi, du passé. Ce n'était une solution pour personne.

C'était plus simple de ne pas aimer. On finissait toujours par souffrir. Avec des variations, certes. Elle ne pouvait pas comparer la douleur de la perte de Marc avec la rupture qui venait de se jouer. Ni même avec la fuite de Léo. Mais le jeu en valait-il vraiment la chandelle ?

Elle se laissa tomber sur son lit et récupéra le petit papier en boule. Elle tenta de le lisser et de lui redonner un aspect convenable. Elle relut encore les mots terribles de son amante d'un soir. Se remémora les délices et la plénitude qu'elle avait ressentis. Elle se recroquevilla, dans la position du fœtus, et après avoir beaucoup pleuré, d'épuisement, elle s'endormit.

Ce fut un mal de crâne monumental qui la sortit de sa torpeur. Elle parvint à s'extraire péniblement de son lit et se mit en quête de cachets. Après avoir avalé ce qui devait la soulager, elle se demanda ce qu'elle allait désormais bien pouvoir faire de son week-end.

Elle s'empara de son téléphone et entreprit d'appeler Maggy. Ses cachotteries n'avaient que trop duré, et son amie était vraiment celle à qui elle souhaitait se confier. Elle la comprendrait, Maggy n'était jamais dans le jugement gratuit. Elle aurait d'ailleurs dû lui parler plus tôt de Léo.

Maggy la laissa dérouler son récit sans trop l'interrompre. L'absence quasi totale de réaction de son amie aurait dû interpeller Lalie. Mais son besoin de se confier était tellement fort qu'elle avait raconté toute son histoire sans presque prendre le temps de sonder les réactions de Maggy. Elle aurait peut-être dû, car elle prit une nouvelle douche froide :

— On croit rêver, se contenta de dire son amie.

— Comment ça ? J'ai l'impression que tu es fâchée.

— Fâchée ? C'est bien en dessous de ce que je ressens. Non, je crois que je suis déçue, amère. Furibonde sans doute aussi.

— Je me doutais qu'annoncer que j'avais revu l'inconnue aux macarons, que j'avais pu sortir avec une femme…

Elle ne put continuer, car à présent Maggy était vraiment en colère.

— Ah ouais… tu penses que je suis le genre de copine bornée qui aurait eu du mal avec le fait que tu sortes avec une femme ? Tu me penses juste un peu conne ou carrément homophobe ?

— Non mais…

— La ferme, Lalie ! Je ne sais pas ce qui me met le plus en rogne, en fait. Entre le fait que tu me caches des choses d'un côté, et de l'autre que tu m'imagines incapable d'encaisser que tu as flashé sur une nana. Ben ouais, parce que le genre de l'autre, je m'en fous, moi. La seule chose qui m'importe, c'est ton bonheur. Que tu sois heureuse, avec un homme ou avec une femme… quelle différence, au fond ? Même si, pour le coup, t'es malheureuse seule, là tout de suite. Mais j'ai même pas envie d'en discuter avec toi… je pourrais dire des choses que je regretterais forcément ensuite.

— On peut se voir ? On peut en parler ?

— Je préfère pas. Réfléchis d'abord à ce que représente l'amitié pour toi… d'ici là, j'aurai peut-être décoléré.

Sur ces paroles, elle raccrocha.

Chapitre 30

Certes, elle était à l'origine de tout ce gâchis, mais Lalie avait tout de même du mal à encaisser. La rupture avec Christophe à laquelle s'ajoutait la dispute avec Maggy, cela faisait beaucoup en si peu d'heures. Elle était en plein orage, à la limite du naufrage. Elle qui pensait être entrée dans une période faste… ça n'avait été que de courte durée. C'était sa faute, mais ça n'en était pas moins rude.

Elle allait éviter d'appeler sa mère à qui elle avait confié partir en week-end avec un homme qu'elle fréquentait. Elle savait qu'elle aurait droit à un flot de questions, et elle ne se sentait prête ni à ressasser les mêmes événements ni à prendre le risque de se faire raccrocher au nez par une personne de plus.

Elle avait passé le week-end à se morfondre. Comme elle pouvait se permettre de se lever tard le lundi matin, Lalie décida de sortir. Elle n'avait jamais eu besoin de quiconque pour aller au restaurant, au cinéma, etc. Sortir seule ne lui posait aucun problème. Alors pourquoi ne pas se rendre dans un endroit où elle pourrait danser ? Un dimanche soir, l'ambiance serait sans doute plus cosy que pendant le rush du vendredi-samedi. De toute façon, à force de tourner en rond dans son appartement, elle allait finir par devenir folle.

Elle décida de partir à pied et se dirigea vers la vieille ville, un des rares endroits où elle pouvait espérer trouver un peu d'activité ce soir-là. Les villes de littoral sont animées l'été, mais l'hiver, c'est une tout autre histoire. Plus jeune, elle trouvait ça pénible, avait l'impression de vivre loin de ce qui faisait la vie, la vraie. Plus les années passaient, et plus elle prenait plaisir à voir s'éloigner le tumulte de l'été, pour retrouver le calme de sa région, hors saison.

Après avoir flâné un peu, elle eut envie d'entrer quelque part et de boire un verre. Il n'y avait pas grand-chose d'ouvert ce soir-là, et elle s'engouffra dans une discothèque *gay friendly* reconnue dans le coin. Pourquoi ? À qui le lui demanderait, elle prétendrait que c'était l'endroit le plus animé ce soir-là. Et pourtant… Espérait-elle croiser Léo ? Voulait-elle savoir si elle pouvait désormais être attirée par d'autres femmes ? Si d'autres ressorts étaient à l'origine de cette décision, elle franchit le pas de la porte, bien décidée à se changer les idées.

Ce qui la frappa, hormis la musique et les lumières, ce fut l'ambiance. Elle eut l'impression d'avoir changé de monde, en quelques secondes. La fête battait son plein, là où dehors le calme était de mise. La vie niçoise s'était nichée entre ces murs. Et, pour la première fois depuis la veille, elle sourit.

L'établissement s'étendait sur deux étages, et les gens dansaient non seulement sur une petite piste devant le bar, mais partout où il y avait quelques centimètres carrés disponibles. Les corps se frôlaient ou se frottaient carrément. Toute pudeur semblait absente, une vraie tension sexuelle régnait. Lalie s'en trouva galvanisée.

En revanche, elle opta pour le bar. Pas facile d'entrer seule dans un endroit et de se sentir à l'aise immédiatement. Elle n'enflammerait sans doute pas le *dancefloor* ce soir-là.

— Bonsoir, je voudrais une caïpirinha, s'il vous plaît.

— Waouh, je crois bien qu'on m'a jamais servi du « vous », ici. Tu viens de me coller un coup de vieux !

Lalie bafouilla, tenta de reformuler en tutoyant le serveur, au demeurant plus jeune qu'elle. Elle ignorait qu'on tutoyait les serveurs en boîte, même aussi sexy… elle n'avait pas les codes.

— C'est la première fois que je te vois, non ? Tu t'es perdue ? ricana l'éphèbe.

— C'est la première fois, en effet. Mais pourquoi tu penses que je suis perdue ?

— Disons que t'es branchée mec, non ?

— Ah ouais, tu vois ça à l'œil nu, toi ?

Le jeune homme ricana, se retourna et lui prépara son cocktail. Puis il daigna lui répondre :

— Écoute, j'ai un gaydar particulièrement affûté, je me trompe rarement. Et toi, t'es carrément hétéro.

— Un « gaydar » ? demanda Lalie, les yeux aussi ronds que des soucoupes.

— Ouais, un radar à gays… quand je te disais que t'étais hétéro… et même une hétéro séquestrée dans une cave depuis au moins dix ans.

Lalie lui aurait bien rabattu son caquet. Non seulement parce qu'il lui parlait sans prendre de pincettes, mais parce qu'il faisait mouche. Elle était une hétéro coincée, *has been*, et ça se voyait à l'œil nu.

Elle jouait avec la paille et les glaçons de son verre quand elle sentit une présence à ses côtés.

— Salut ! Nouvelle par ici ?

Décidément, tout le monde allait lui chanter le même refrain… Et, cette fois, on ne prenait même pas la peine de construire une phrase complète ? Lalie était sur le point de rétorquer que oui, c'était sa première fois, que non, elle n'était pas gay et que ça ne lui interdisait pas pour autant de s'arrêter boire un verre. Mais le grand sourire qu'elle découvrit en levant la tête lui rappela qu'elle n'était pas là pour se défouler sur les autres.

— Ouais, c'est ma première fois. Paraît que ça fait toujours mal…

— Non, pas forcément. Par contre, la première fois, on fait toujours un vœu. Tu as fait le tien ?

Non, elle n'en avait pas fait. D'ailleurs, que pouvait-elle souhaiter d'autre que de revoir Léo ? Ou de ne jamais la revoir ? Son cœur battait la chamade rien qu'en l'évoquant, mais elle devait tirer un trait sur cette histoire. La manière dont Léo s'était barrée après avoir couché avec elle… c'était tout bonnement dégueulasse. Homme ou femme, elle ne pouvait se projeter dans une relation avec quelqu'un qui agissait de la sorte.

— Je crois que je suis un peu nulle en vœu… je vais laisser faire le destin.

— Excellente décision ! Alors trinque avec moi, c'est le destin.

La femme s'appelait Annabelle, elle devait avoir une quarantaine d'années. Le vacarme ambiant était bien plus propice à la danse qu'aux échanges verbaux, alors elles discutèrent comme elles purent, de tout mais surtout de rien. Quand leurs verres furent vides, Annabelle lui proposa de rejoindre la piste. Lalie ne se fit pas prier, elle aimait danser et elle en avait terriblement besoin. Un peu d'alcool et un peu de danse : le mélange idéal pour s'évader un peu.

Elle plaisait à Annabelle qui la draguait subtilement, mais ouvertement. Lalie n'aurait su dire si elle la trouvait belle, mais l'aplomb et l'assurance qu'elle dégageait étaient séduisants. Cependant, Lalie voulait seulement danser. Elle était flattée, mais il était bien trop tôt pour elle. Elle devait digérer Léo et Christophe. Et, si elle avait été attirée par Léo, elle ne pensait franchement pas être bisexuelle.

En attendant, elle se laissait aller à « flirter » un peu. Annabelle se tenait tout contre elle, de manière très suggestive. La façon dont elle dansait ne laissait aucun doute sur ses intentions. Lalie n'y céderait pas, mais elle se laissait enivrer. Elle ferma les yeux, laissant la musique s'emparer d'elle. Elle dansait comme si personne ne la regardait. D'autant que c'était le cas : ici, elle ne connaissait personne. La soirée lui appartenait.

Quand elle rouvrit les yeux, elle comprit que c'était faux. Toutes ses pseudo-certitudes venaient de voler en éclats.

Dans son champ de vision : Léo. Accompagnée. Tenant par la main une splendide et pulpeuse brune.

Chapitre 31

De toute évidence, faire l'amour avec cet avion de chasse qu'elle tenait par la main, ça, c'était « une bonne idée ».

Les mots laissés par Léo le 1er janvier au matin dansaient devant ses yeux. Lalie avait chaud et froid à la fois, sa tête tournait. Était-elle au bord du malaise ?

Quand leurs regards se croisèrent, Léo ne sembla nullement gênée. Elle se fendit même d'un petit signe de la main. Lalie, quant à elle, bouillonnait. De toute évidence, Léo allait bien. Elle allait même très bien, si la brune pouvait servir d'étalon de mesure. Quand on sortait avec une telle bombe atomique, ça signifiait qu'on était au max de sa santé morale, non ? Lalie se demanda si Léo la fréquentait déjà pendant leur histoire éclair ou si elle l'avait rencontrée depuis.

Le geste de Léo n'avait d'ailleurs pas dû échapper à sa compagne, car celle-ci lui chuchota quelque chose à l'oreille. Sans doute pour lui demander si elles se connaissaient. Encore une à qui il n'aurait pas échappé que Lalie détonnait dans le paysage.

Annabelle lui prit la main et lui dit, suffisamment fort pour que ses paroles ne soient pas noyées par la musique :

— Tu m'accompagnes, je vais fumer une cigarette.

— Ah, je fume pas, désolée.

— C'est pas une question, viens, tu me tiendras compagnie.

Il lui sembla qu'il faisait frais, mais c'était sans doute dû à la chaleur qui régnait à l'intérieur.

— Tu connais Léo ? lança Annabelle.

— Euh, oui… toi aussi ?

Annabelle rit franchement.

— Tout le monde connaît Léo, ici. Presque toutes les femmes connaissent Léo… de près même…

Cette information ne plut pas franchement à Lalie. Sa seule expérience féminine allait-elle se révéler être encore plus décevante qu'elle l'était déjà ? Léo était une sorte de Casanova au féminin ?

— Et donc, cette brune, c'est sa nouvelle nana ?

— Non, cette meuf, c'est une sorte de refrain. Rosa la largue et la reprend au gré de son humeur. Et, à chaque rupture, Léo se console dans d'autres bras. Puis Rosa lui remet le grappin dessus. Et c'est reparti pour un nouveau couplet.

Annabelle scrutait chacune des réactions de Lalie, persuadée que quelque chose avait existé entre les deux femmes.

— Par contre, je ne vois pas comment sa route a pu croiser celle d'une hétéro-curieuse comme toi.

— « Hétéro-curieuse » ? Ça sonne comme une insulte ton truc, là !

— J'avoue que c'est pas spécialement flatteur. Disons que ça désigne quelqu'un qui a envie d'une expérience, juste pour voir. Je pensais que c'était ton cas, mais si tu connais Léo… Alors comment on pourrait te qualifier ? Une « hétéro-sceptique » ?

— D'accord… donc, si je comprends bien, on doit forcément être mis dans une case ? C'est naze, votre truc !

Lalie ne laissa pas à Annabelle le loisir de répondre. Elle revint dans la boîte, même si rentrer chez elle aurait été la meilleure des solutions. Elle voulait croiser Léo. Même si ça devait la blesser de la voir avec une autre.

Elle eut beau scruter l'assemblée, pas de Léo à l'horizon. Ni sur la piste de danse, ni au bar. Elle était sans doute lovée dans un coin, avec sa conquête. Ou elle était repartie aussitôt, pour s'éviter une situation embarrassante.

N'aurait-elle pas dû rentrer, elle aussi ?

Pour se laisser le temps de réfléchir, elle se rendit aux sanitaires. Elle n'avait pas bu tant que cela, mais comme elle avait un bon quart d'heure de marche, elle préférait prendre ses précautions.

Si personne n'attendait, toutes les portes étaient fermées. Elle n'aurait pas à patienter bien longtemps ni à faire la conversation à quiconque lui demanderait si c'était la première fois… Une des portes s'ouvrit. Lalie s'était attendue à beaucoup de choses, mais pas à cela. La personne qui lui faisait face n'était autre que Léo.

Cette dernière lui sourit du bout des lèvres, penaude. Si Léo était paumée, ce n'était pas une mauvaise fille. Il y avait quelque chose de désarmant dans son expression. Alors Lalie fit un geste dont elle ne se serait jamais crue capable. Elle la poussa, s'engouffra dans la cabine des W.-C, ferma et verrouilla la porte derrière elles.

— Maintenant, tu es coincée, alors tu vas t'expliquer.

Vu l'exiguïté du lieu, elles étaient collées l'une à l'autre, et la colère de Lalie n'avait d'égale que son excitation. Léo semblait avoir perdu tout l'aplomb qui la caractérisait jusqu'alors.

— T'expliquer quoi ? T'es chiante. On a baisé, j'aurais pas dû, je suis partie. Point. Je mérite pas que tu te retournes le crâne pour ça.

— T'étais avec Rosa quand on a couché ensemble ? Ou vous étiez séparées ?

— Quoi ? Comment tu sais ça ? Ah mais oui, Anna… fallait qu'elle ouvre sa gueule, celle-là… au moins comme ça, elle est vengée.

Lalie voulut demander si elle avait aussi couché avec Annabelle, mais ce n'était ni le moment ni l'endroit. En fait, elle s'en moquait. Elle voulait savoir autre chose.

— Je vais reposer tranquillement ma question : tu fréquentais Rosa quand on a passé la nuit ensemble ?

— Elle m'avait plaquée… une fois de plus. C'est pour ça que j'allais pas très bien juste avant notre rendez-vous.

— Alors pourquoi tu t'es cassée comme ça ? Pendant que je dormais…

— Quand je me suis réveillée, tu dormais à poings fermés. J'ai commencé à lire mes SMS ; j'en avais des tonnes, des « Bonne année » à gogo. Des messages envoyés à la chaîne par chacun à l'ensemble de son répertoire téléphonique. J'ai trouvé ça déprimant, cette manière de pouvoir communiquer aussi facilement et de le faire si mal en même temps. Et puis, il y en avait un de Rosa. Elle m'écrivait qu'elle avait pris conscience qu'elle ne pouvait pas passer sans moi l'année qui s'annonçait.

Lalie déglutit, des tonnes de questions lui brûlaient les lèvres, mais elle devait laisser Léo continuer.

— Alors je me suis sentie conne… et sale. J'étais dans le lit d'une super nana, nue et magnifique à portée de mes mains. Elle venait de me donner une de ses premières fois, ça n'était pas rien. Or, il avait suffi d'un SMS pour que je n'aie qu'une envie : détaler et me rouler aux pieds de Rosa pour qu'elle me reprenne.

Lalie était chamboulée : Léo était d'une sincérité désarmante. Elle décida de ne pas interrompre sa confession.

— C'est ce que j'ai fait. Je me suis précipitée chez elle, prête à tout recommencer à zéro, une fois de plus. Mais elle n'était pas seule… évidemment. Alors je me suis retrouvée comme une conne et je suis rentrée chez moi.

— Ouais, mais ça s'est arrangé depuis, non ? Vous êtes arrivées main dans la main.

— Oh, tu sais… dans le monde de la nuit, ça ne veut pas dire grand-chose. Certains s'embrassent même sur la bouche sans que ça veuille rien dire. Pour en revenir à ta question : on est vraiment séparées maintenant. D'ailleurs, elle a tout de suite capté qui tu étais.

— Mais, comment ? Et… tu lui as parlé de moi ?

— Oui, je lui ai parlé de toi. Entre le fait que tu détonnes ici et que je lui ai broyé la main quand je t'ai aperçue…

Léo avait parlé d'elle. Elle avait déconné, mais elle avait parlé d'elle. Cela signifiait sans doute quelque chose. Lalie cessa de réfléchir, saisit Léo par la nuque et l'embrassa passionnément. Ce baiser eut à la fois un goût de passion et d'urgence.

Chapitre 32

Quand leurs lèvres se séparèrent, que leurs mains se calmèrent, Lalie comprit qu'elle ne pouvait pas passer l'éponge aussi facilement.

Impossible d'oublier le silence de Léo, sa fuite alors qu'elle dormait, puis son silence de nouveau. Pouvait-elle juste, parce qu'elle avait cette étrange nana dans la peau, prendre le risque de s'embarquer sur un navire qui tanguait autant ? Sans compter qu'il s'agissait aussi d'une situation inédite pour elle… sortir avec une fille plutôt qu'avec un garçon allait amener son lot d'obstacles. Elle avait senti ce soir-là à quel point il serait compliqué de se faire une place dans la sphère de Léo. À quel point les préjugés et la méfiance viendraient également de ceux qui verraient d'un mauvais œil l'intrusion d'une « hétéro-curieuse » dans leur univers.

C'était la première fois que toutes ces questions la prenaient à la gorge. Non pas qu'elle fût naïve auparavant, mais elle était surtout obnubilée par le fait de « courir » après Léo. Elle avait fait son maximum pour comprendre et admettre les réserves de cette dernière. Ce faisant, elle s'était oubliée dans cette histoire…

Tout à coup, il lui sembla qu'elle n'aurait jamais l'énergie nécessaire pour poursuivre et retenir cette fille instable. Qu'elle n'aurait pas non plus le courage de rentrer dans une vie qu'elle devinait pleine de luttes. D'autant qu'elle n'avait aucune espèce de certitude sur le fait que, dès le surlendemain, Léo n'aurait pas encore fui à toutes jambes.

Cette dernière vit aussitôt qu'une lueur brillait dans les yeux de Lalie. Aucune des deux femmes n'osait parler, conscientes l'une comme l'autre que, pendant que la fête battait son plein autour d'elles, quelque chose de fort était en train de se jouer.

Ce fut Léo qui brisa le silence :

— Ton regard me fait peur…

— J'aime tellement t'embrasser… c'est tellement puissant !

— Le goût de l'interdit ? osa Léo, rougissante.

Lalie se demanda s'il n'y avait pas une part de vrai dans ce que sa partenaire venait de dire. C'était inédit, ça la sortait de tous ses schémas habituels ! En bref, c'était excitant… mais cela suffirait-il à construire quelque chose ? Si elle prenait la décision de s'engager dans cette aventure, elle ne voulait pas que celle-ci soit sans lendemain. Or, Léo n'avait pas été d'une grande fiabilité jusqu'à présent.

— Sans doute, finit-elle par répondre. Je crois que je t'ai embrassée par esprit de revanche… pour avoir l'impression de reprendre le pouvoir.

— Quel pouvoir ?

— Celui de décider quand on communique, celui de disparaître. Celui de me baiser et de te casser pendant que je dors. Aucun mec ne m'avait jamais fait le coup. Il aura fallu que ça vienne de la première femme avec qui…

— Tu as raison, j'ai pas assuré… mais vraiment pas. J'étais paumée, mais maintenant…

— Mais maintenant, quoi, Léo ? Tu vas me dire qu'en si peu de temps tu as chassé tes démons ? Que tu sais ce que tu veux avec moi ? J'y crois pas une seconde.

Les yeux de Léo s'étaient embués. Elle tenta une dernière cartouche.

— Ce soir, c'est pas juste une coïncidence, Lalie. Tu ne crois pas que c'est un coup du destin ?

— Tu sais quoi ? Je m'en fous, en fait. Je ne veux rien qui soit dû au hasard, peu importe le nom que tu veux mettre dessus. Tu n'as rien fait pour t'excuser. Si je n'étais pas venue ici ce soir, nul doute que je n'aurais plus jamais eu de nouvelles de toi.

— T'en sais rien…

— De même que j'ignore combien de temps il peut se passer avant que tu flippes encore, ni à quelle vitesse tu retomberas dans les bras de ton ex…

Léo l'étreignit soudain et lui vola un baiser. L'effet escompté ne se produisit pas. Bien au contraire, Lalie prit conscience que ce qui lui étreignait la poitrine, c'était désormais l'angoisse.

— J'en ai trop chié. Je crois que je n'ai pas l'énergie suffisante pour m'embarquer dans tout ça. Je suis désolée.

— Moi aussi, mais je comprends.

Peut-être Lalie aurait-elle souhaité que Léo tente de la persuader, mais elle n'en montra rien. Elle déverrouilla la porte, sortit de la cabine et partit sans même se retourner.

Chapitre 33

Février 2013

Choisir permet de s'alléger de ce qui nous pèse, mais contraint aussi à sacrifier les douces choses auxquelles on pouvait tenir.

Lalie était certaine d'avoir fait le bon choix, et pourtant elle n'oubliait pas Léo. Elle comptait sur le temps pour faire son œuvre. Le même temps qui lui permettait jour après jour de vivre avec l'absence de Marc. Elle n'oublierait jamais son époux et elle était reconnaissante à l'idée de ne pas devoir passer le reste de sa vie encombrée par la rancœur. Quand on surmonte la perte de son âme sœur, on doit pouvoir se remettre d'un coup de cœur. C'est du moins en ces termes que Lalie se raisonnait.

D'autant que Léo, après avoir prétendu comprendre, ne cessait de lui envoyer des messages. Elle aurait pu changer de numéro, bloquer celui de Léo. Elle trouvait cette attitude puérile. Léo finirait par se lasser, Lalie n'en doutait pas.

En attendant, le travail lui permettait de mettre ses sentiments en sourdine. Elle avait demandé à son éditrice de lui confier un titre aux antipodes de ce qu'elle vivait. Cela tombait bien, on lui confia l'histoire d'une jeune femme un peu naïve qui s'entiche d'un homme adepte de libertinage et de bondage. Ainsi, elle était certaine qu'elle ne pourrait pas s'identifier et risquer d'idéaliser Léo. Hors de question pour elle de devenir une héroïne de romance, prête à tout pour sauver l'être aimé de ses démons intérieurs.

Cela faisait pourtant une semaine qu'elle peinait à trouver le sommeil. Le soir, malgré ses efforts, elle ressassait. Marc, Christophe et Léo tournaient en boucle dans sa tête et faisaient fuir le marchand de sable. L'idée qu'elle avait été trop prompte à quitter Christophe lui avait même traversé l'esprit. Ses doigts l'avaient démangée d'envoyer un message ; elle s'était abstenue, consciente au plus profond d'elle que ce n'était pas la solution.

Impossible de dormir…

Lalie avait tenté de compter les moutons, de boire un lait chaud avec du miel, de lire. Sans aucun effet. Elle se rhabilla et décida d'aller se promener un peu dans les rues de Nice. Elle aimait sa ville à tous les instants du jour, comme à chaque époque de l'année. Elle avait l'impression de la redécouvrir chaque fois. Elle avait hésité à mettre un simple survêtement, mais elle enfila un pantalon en toile et une blouse fleurie, au cas où elle finirait par s'arrêter boire un verre.

Sage décision, car ses pas la menèrent – pas fortuitement – jusqu'à la boîte dans laquelle elle avait retrouvé Léo en début d'année. Y allait-elle pour vérifier que Léo ne s'y trouvait pas ? Inconsciemment peut-être. En dehors de cela, elle y avait aimé l'atmosphère, alors là ou ailleurs, autant aller où elle savait qu'il y aurait du monde et de l'ambiance.

Ce soir-là, tout était bien plus calme que précédemment… Elle aurait préféré se fondre dans la masse, mais maintenant qu'elle était là, elle n'allait pas rebrousser chemin. Elle se dirigea vers le bar où elle retrouva le même employé au sourire ravageur. Il la reconnut aussitôt.

—Eh, mais on dirait que tu remets ça, finalement ? C'est déjà fini avec Léo ? Tu cherches une nouvelle conquête ?

Il surprit la mine étonnée de Lalie, et poursuivit :

—Ah, mais non ! Vu ta tête, tu es venue voir si elle est là…

Lalie n'en croyait pas ses oreilles, voilà ce qui expliquait sans doute sa bouche ouverte et ses yeux comme des soucoupes. Elle aurait d'ailleurs refusé d'admettre qu'une part d'elle espérait cela… et que le reste espérait surtout ne pas l'y croiser : la situation aurait été diablement embarrassante.

—Non, ma tête, c'est juste la surprise, parvint-elle à articuler. Comment tu sais, pour Léo et moi ? C'est déjà une affaire publique ? Elle s'en est vantée ?

Le barman ricana.

— Allez, ne monte pas sur tes grands chevaux. C'est Rosa qui nous a raconté. Tu connais Rosa, non ?

L'ironie était perceptible dans la voix de son interlocuteur, et à ce moment précis Lalie lui aurait bien égratigné le visage.

— Disons que je sais qui elle est… qui elle a été pour Léo…

— Oui, on ne sait jamais avec elles… la différence entre ce qui est et ce qui a été. En revanche, tu as dû sacrément lui taper dans l'œil à notre Léo, car elle n'est pas revenue depuis que vous avez filé toutes les deux.

Décidément, ce type avait l'œil partout.

— Ouais, poursuivit-il, d'ici rien ne m'échappe. Personne ne fait vraiment attention à moi. Jonas, c'est juste le bon gars qui sert des verres. Sauf que je n'en rate pas une miette. C'est pour ça que j'aime mon job ! Un jour, je prendrai mon courage à deux mains et j'écrirai un bouquin. Il s'en passe de drôles ici, tu peux me croire.

Et, vu son bagout, nul doute qu'il avait de quoi noircir des pages et des pages.

— Je te crois. En attendant, j'aurais besoin de quelque chose de bien fort.

— Une caïpirinha, comme la dernière fois !

— Tu te souviens de ça aussi ?

— Je t'ai dit que rien ne m'échappe ! D'ailleurs, Anna ne devrait pas tarder. Si quelqu'un est bien informé ici, c'est elle. Alors elle devrait pouvoir t'aider à retrouver ce que tu as perdu.

— Mais j'ai rien perdu…
Jonas haussa les épaules et lui servit son verre.

Rosa avait parlé de leur histoire. En quels termes ? Léo et elle avaient-elles remis le couvert ? Après tout, ce n'était pas son problème. Elle ne voulait pas savoir.

Enfin, un petit peu quand même…

Lalie pourrait peut-être sonder Anna. Elle se souvenait parfaitement de la pétillante jeune femme et de la conversation qu'elles avaient eue l'autre soir. En revanche, elle espérait que cette dernière ne ferait pas preuve de trop de sarcasme à son égard. Lalie savait qu'elle jurait un peu dans le paysage. Quoique, désormais, elle était sortie avec une femme. Enfin, un peu… Pour autant, elle ne se sentait pas gay. Elle se sentait elle-même, et c'était déjà pas mal.

Chapitre 34

Une bonne heure s'était écoulée. Il était plus raisonnable de partir. Elle n'avait aucune raison valable d'attendre Anna plus longtemps. Ce n'était pas à cette quasi-inconnue de lui donner des renseignements sur ce qui se tramait dans la tête de la femme qu'elle aimait. Si Léo avait besoin de temps, elle n'apprécierait sans doute pas de se sentir épiée.

Après avoir aspiré jusqu'aux derniers grains de sucre de son cocktail, Lalie fit un signe de la main à Jonas.

— Tu t'en vas, *darling* ?

— Oui, merci pour le verre et la conversation. Je pense que je devrais réussir à dormir maintenant.

— Avec plaisir, j'espère qu'on te reverra. Seule ou accompagnée…, ajouta-t-il avec un clin d'œil.

Lalie sortit. L'air s'était rafraîchi, mais c'était agréable. Cette escapade n'avait pas résolu son problème avec Léo, mais l'alcool et le sucre suffiraient. Comme elle buvait rarement, un seul verre ferait l'affaire.

Assise sur un banc, en face de la boîte, se trouvait Léo. Lalie sentit toute une volée de papillons lui coloniser le ventre. À moins que ce ne fussent des abeilles. C'était tout aussi douloureux qu'agréable. Elle avait espéré autant que redouté de tomber sur elle.

— Mais qu'est-ce que tu fais là ? Tu m'attendais ?

Pour toute réponse, Léo se leva et lui tendit un petit blouson, qu'elle avait apporté.

— Tiens, les nuits sont fraîches. Tu vas finir par attraper froid à ne jamais te couvrir.

Elle lui prit la main.

— Suis-moi. Maintenant que tu as une veste, on va aller se poser en bord de mer.

Lalie voulut parler, mais Léo l'interrompit d'un « chut » et d'un doigt posé sur ses lèvres.

— Jonas est officiellement ton ange gardien, je crois. Il m'a envoyé un message pour me dire que, si je n'étais pas trop conne, je devais venir te rejoindre. Et te récupérer. Jonas étant toujours de bon conseil, j'ai foncé.

Elles déambulèrent dans les rues du Vieux-Nice, désormais silencieuses. Léo semblait vouloir profiter du moment. Alors Lalie accepta de lâcher prise et de se laisser guider.

Arrivées sur le quai des États-Unis, elles s'assirent sur la plage publique des Ponchettes, à même le sol. C'était un soir calme, il n'y avait que peu de monde. La mer léchait doucement le rivage, et l'on entendait bruisser les galets les uns contre les autres. Le ciel était d'un noir de jais, il ne manquait que des étoiles pour obtenir une ambiance à faire pâlir un poète romantique.

— Je crois qu'il faut qu'on parle. Il est temps.

Léo venait de briser le silence entre elles. Lalie se retenait, elle aurait voulu poser des tonnes de questions. Mais ne risquait-elle pas de voir son amoureuse se fermer de nouveau ?

— De plates excuses, même. Et je comprendrais que tu les refuses.

Léo attrapa un galet, le manipula un peu et le lança dans l'eau, aussi loin qu'elle put. C'était une manière de s'offrir un peu de temps, une brève respiration avant de dire tout ce qu'elle avait sur le cœur.

Lalie ne savait pas si elle devait répondre. Dans le doute, elle se contenta d'un « Je t'écoute ». Alors Léo prit son courage à deux mains et se lança :

— Tu sais, aimer les filles, ça a toujours coulé de source pour moi. Je n'ai aucun souvenir d'amourette avec un garçon. On en a déjà un peu parlé toutes les deux. Petite, personne ne se souciait que je raconte que j'avais une amoureuse. C'était drôle, mes parents trouvaient ça original. Ils pensaient que ça me passerait. Sauf que… ça ne m'est jamais passé. À cette époque, on ne parlait pas de ça aussi facilement qu'aujourd'hui. Même si le combat pour le droit de vivre en paix est loin d'être gagné, c'était carrément l'enfer dans les années 1990. Je ne sais pas si tu le sais, mais il a fallu attendre 1990 pour que l'OMS supprime l'homosexualité de la liste des maladies mentales. Et ça n'a pas fait disparaître les a priori comme par enchantement.

« On me traitait de garçon manqué, on me rudoyait un peu à l'école, à cause de mon look de mec. Alors je faisais tout ce que je pouvais pour me fondre dans la masse. J'avais trouvé une méthode imparable afin qu'on ne me pose pas de question sur mes amours. J'étais à fond dans ma réussite scolaire, je prétendais ne me soucier de rien d'autre. Je crois vraiment que déjà, à cette époque, mon entourage n'était pas dupe. Tout le monde se voilait la face, c'était beaucoup plus simple. Ce dont on ne parlait pas n'existait pas. Sujet suivant. »

C'était la première fois que Léo se confiait vraiment à Lalie, la première fois qu'elle osait dévoiler cette part très intime de son adolescence.

— Pour être honnête, ça m'arrangeait bien aussi. Je me demandais quel était le problème chez moi. J'espérais que ça passerait, que je reviendrais sur « le droit chemin ». Aujourd'hui, ça semble horrible de dire ça. J'ai d'ailleurs beaucoup de mal à dire que de telles pensées m'ont animée plusieurs années. Mais il n'y avait aucune représentation nulle part de ce que j'étais. Aucune représentation positive, en tout cas. Ni dans les films, ni dans les livres, ni dans les magazines. Quand c'était abordé, c'était soit considéré comme sale, soit considéré comme le parfait fantasme masculin. Deux femmes ensemble, OK, mais seulement si c'est dans un rapport auquel on va inviter un mec. Alors voilà, hormis ma confidence à mon meilleur pote, j'ai fermé ma gueule, j'ai refroidi mon cœur… et mon corps. Je m'interdisais d'aimer, même le soir au fond de mon lit. Je pleurais souvent, longtemps. En silence et en cachette.

La voix de Léo s'étrangla, et elle fut prise de profonds sanglots. Lalie se tourna vers elle et l'étreignit longuement. Une fois apaisée et ses larmes séchées, Léo reprit son récit. Lalie, assise à côté d'elle, avait posé la tête sur l'épaule de sa compagne.

— Les années passaient, pas mon attirance pour les femmes. Je ne sais pas combien de fois j'ai cru tomber amoureuse. Ne rigole pas, je suis un vrai cœur d'artichaut. On ne me demandait que rarement si j'avais un mec, sans doute de peur que je dise la vérité. On ne m'ôtera pas de l'idée que ça se voyait comme le nez au milieu de la figure, que je le transpirais par tous les pores. Les rares fois où on me posait la question, je donnais le change avec mon histoire d'études. Comme j'avais d'excellents résultats, l'alibi collait plutôt bien. D'autant qu'il n'y a rien d'incroyable dans le fait de ne pas être en couple au lycée. Malgré la pression que tout le monde se met à ce sujet, mais ça, c'est un autre débat.

Nouveau silence. Lalie sentit que le plus sensible approchait et prit la main de Léo. Elle la serra doucement comme pour lui donner du courage, lui signifier qu'elle pouvait se confier sans hésiter. Ses mots seraient correctement perçus.

— L'année de terminale, elle est apparue dans ma vie. Nouvelle élève au lycée, elle arrivait de région parisienne. Elle était belle, elle était libre, elle aimait les filles. Et elle ne se gênait pas pour le dire haut et fort. Rosa.

Lalie eut un petit mouvement de surprise, Léo resserra la prise de leurs deux mains.

— Je pense qu'elle a tout de suite compris ce que les autres faisaient mine d'ignorer. Elle est venue vers moi, comme si elle m'avait reconnue. Discrètement, elle m'a chuchoté que j'étais mignonne. Je me souviens encore de la chaleur qui a envahi tout mon corps. Non seulement elle me plaisait, mais j'étais rouge de confusion. Enfin, ça arrivait. C'était beau, et c'était chaud ! Je voulais juste être comme tout le monde : je voulais aimer librement. J'allais au moins pouvoir aimer… On a commencé à vraiment sortir ensemble au début du printemps. Rosa voulait me tenir par la main, m'embrasser, comme le faisaient tous les autres petits couples aux abords du lycée. Moi, j'étais gênée. Non seulement parce que je n'étais pas particulièrement démonstrative, mais aussi parce que j'étais toujours terrifiée par le regard des autres. Les jours ont continué à passer, et je me détendais tout doucement. Rosa me prenait la main devant le lycée. On peut dire que ça passait bien. De simples copines qui se tiennent par la main, c'est assez banal. On est plutôt tactiles dans la région. Quand on s'éloignait, dans les rues un peu moins passantes, je la laissais m'embrasser, à la dérobée. Pas question non plus de mêler langoureusement nos langues devant tout le monde. Et pas seulement parce que nous étions deux filles, comme je te l'expliquais.

Léo se leva soudain. Elle s'étira, donna un coup de pied dans un galet, puis laissa passer un petit moment de silence. Elle se retourna et s'assit en tailleur, face à Lalie. Elle lui prit les mains, et son regard bleu acier la transperça.

— Mais cette tranquillité ne pouvait pas durer éternellement, même dans la petite bulle que Rosa était parvenue à nous créer. Un soir après la classe, on rentrait par les petites rues, comme d'habitude. Je n'étais pas sur mes gardes. La fin de l'année approchait, le bac aussi. Mais la perspective d'en avoir bientôt fini avec toute cette tension me donnait des ailes. J'aime la bonne pression et je vois toujours les bonnes perspectives à venir. Alors voilà, ce soir-là, il n'y avait qu'elle et moi. Enfin, c'était l'impression que j'avais… On s'amusait à calculer la mention qu'on pourrait décrocher, à faire des projections avec les coefficients. On réfléchissait à la manière dont on vivrait nos années de fac : elle en lettres, moi en droit. Ce ne serait pas sur le même campus, mais les deux facs étaient suffisamment proches pour qu'on imagine déjeuner ensemble, se rejoindre au bord de la mer après nos cours. Dans l'euphorie de ces beaux projets, Rosa m'a embrassée. Vraiment. Langoureusement. Elle m'a regardée droit dans les yeux et a prononcé ce que jamais on ne m'avait dit auparavant : « Je t'aime, tu sais. »

— Oh, c'est tellement beau ! Tu racontes tellement bien ! ne put s'empêcher de chuchoter Lalie.

— Oui, ça aurait pu être le plus chouette jour de ma vie d'ado. Ce fut sans doute le plus horrible. On n'était pas seules dans cette rue. On était suivies par un groupe de camarades de la classe de Rosa. On se pensait à l'abri dans cette petite rue non passante, c'était tout l'inverse. Ils commencèrent par des moqueries, par ces mots sales dont on a l'habitude d'affubler les filles qui aiment les filles. Rosa s'en foutait, alors elle avait commencé par ricaner. Les autres avaient menacé de le dire à tout le monde. Rosa avait ri plus fort, en leur disant que ce serait un scoop pour personne, qu'ils pouvaient toujours dire ce qu'ils voulaient, qu'elle s'en foutait. Moi, je me taisais, je tremblais. Encore aujourd'hui, je me demande ce qui a tout déclenché. Ma peur. Son arrogance. Les deux ? Le premier caillou m'a heurtée à l'épaule. Ils avaient tout prémédité… Les pierres et les insultes ont fusé. Je ne sais pas ce qui a été le plus douloureux. Les blessures morales ont été les plus longues à cicatriser. Quand nos agresseurs se sont lâchement enfuis, le pire était encore devant moi. Mais je l'ignorais.

» Rosa et moi sommes rentrées chez nous, chacune de notre côté. Sous le choc. Incapables de rien se dire. Elle voulait porter plainte tandis que je ne souhaitais qu'une chose : rentrer chez moi et me terrer. Comment j'allais expliquer à mes parents que j'avais été molestée comme ça ? Ils allaient vouloir en connaître le motif, et je n'avais jamais abordé cette question avec eux. J'étais convaincue que mon orientation sexuelle serait un problème. J'avais raison sur toute la ligne. Nos agresseurs – enfin je suppose – avaient appelé chez nous, de manière anonyme. Ils avaient balancé le pot aux roses, sans la moindre délicatesse, forcément. En menaçant de recommencer si on s'affichait encore. Quand je suis rentrée, mes parents attendaient sur le canapé, assis côte à côte en chiens de faïence. S'ils avaient encore un doute, l'état dans lequel je rentrais finit de confirmer ce qu'on leur avait dit au téléphone. Leur « goudou de fille » rentrait en sang à la maison. Ma mère pleura, geignant qu'elle ne savait pas ce qu'elle avait bien pu faire pour mériter une fille pareille. Mon père m'intima très froidement de rassembler quelques affaires et de quitter leur toit. Il était hors de question d'y abriter la perversion. C'était horrible. J'avais mal, j'avais honte, j'avais peur. Je ne savais pas ce que j'allais devenir. J'avais tellement envie que tout s'arrête, tellement envie de mourir. Moins d'une heure plus tard, j'étais à la rue, ne sachant vers qui me tourner.

» Dans un premier temps, je suis allée frapper à la porte de Rosa. Ses parents, même s'ils ne voulaient pas faire de vague, et nous conseillèrent de rester discrètes à l'avenir, me recueillirent quelques jours. Ils étaient dévastés de constater que les mentalités n'évoluaient pas, que leur fille aurait sans doute à faire profil bas toute sa vie. Mais ils ne se sentaient pas la force de s'engager dans une lutte qu'ils estimaient perdue d'avance. Alors rien n'a été fait contre les salopards qui ont bousillé nos vies, malgré la crise de nerfs piquée par Rosa… elle a toujours eu un caractère bien trempé. Ces pourris ont continué à nous narguer, et nous on s'est écrasées, comme ils l'avaient ordonné. Aujourd'hui, c'est sans doute la blessure la plus cuisante qui me reste. La honte, non pas de cet amour si pur que j'aspirais à vivre, mais d'avoir eu à l'enfouir au plus profond de moi, comme s'il était maudit. Alors depuis, m'afficher en public… seulement dans les lieux *gay friendly*. Là où je suis certaine qu'on ne me salira pas du regard.

» Je vivais depuis une semaine environ chez Rosa et ses parents, quand j'ai trouvé ma grand-mère paternelle devant le lycée. Elle m'a embrassée, a embrassé Rosa en lui adressant son plus beau sourire. Elle avait essayé de convaincre mes parents de ne pas rester bloqués. Ils avaient parlé de m'envoyer faire une thérapie de conversion[1]. Pourquoi pas me faire exorciser, tant qu'ils y étaient… Ma grand-mère a tout simplement conclu : « Tes parents sont trop cons. » Et je suis allée vivre chez elle. Je lui dois tout. Sans elle, je ne serais pas la femme que je suis. Imparfaite, mais entière.

Lalie la regardait avec des yeux neufs. Léo venait de lui ouvrir une porte sur son intimité, elle qui ne se confiait que peu. Elle comprenait mieux ce lien qui l'unissait à Rosa. Elle se demanda ce qui

1. Ces thérapies ne sont interdites en France que depuis début 2022.

avait pu les séparer, mais cette histoire-là attendrait. De même, elle aurait voulu lui poser des tonnes de questions, lui dire à quel point cette confession l'avait bouleversée. Mais, du peu qu'elle connaissait Léo, elle avait compris ce que ce long monologue lui avait coûté.

Chapitre 35

Enchaîner sur « elles vécurent heureuses jusqu'à la fin de leurs jours » aurait été trop présomptueux. Lalie et Léo allaient devoir prendre le temps de se connaître et de s'apprivoiser. Les histoires d'amour ne sont pas ce qu'on veut bien nous raconter dans les livres : un enchaînement de baisers, d'étoiles dans les yeux et de rendez-vous dans les plus grands palaces, après une escapade en hélicoptère. Loin de là. Les deux jeunes femmes avaient connu un début de relation qui ressemblait davantage à des montagnes russes qu'à un long fleuve tranquille.

La nuit qui suivit fut intense. Elles avaient poursuivi chez Lalie, car Léo habitait à l'autre bout de la ville. En revanche, Lalie avait refusé que son amante dorme chez elle. « Tu resteras quand je serai certaine de te retrouver au petit matin. »

L'envie de construire était bien présente, mais il allait falloir du temps avant d'établir une atmosphère de confiance.

Quelques jours avaient passé, et nombre de choses étaient rentrées dans l'ordre. Maggy avait cessé de lui en vouloir. En amitié, on peut mettre des points-virgules, mais on évite de conclure par des points. Il était question de lui présenter Léo. Lalie n'avait pas encore dit à ses parents qu'elle avait rencontré quelqu'un : il était bien trop tôt pour officialiser les choses.

Les deux jeunes femmes se voyaient aussi régulièrement que possible. Léo était agent immobilier sur le secteur de Monaco et, si elle gagnait très bien sa vie, elle ne comptait pas ses heures. Lalie appréciait la latitude et le temps libre que ça lui laissait. Les moments qu'elles passaient toutes les deux étaient harmonieux, mais elles n'avaient pas encore réellement osé plonger dans l'univers l'une de l'autre. On sentait bien que Léo faisait tout son possible pour ne pas inclure Lalie dans sa sphère.

— Je ne comprends pas pourquoi tu bottes en touche chaque fois que je te propose de sortir, tenta Lalie, un dimanche matin, devant leur café-croissant.

— J'ai plus trop envie de faire la tournée des bars et des boîtes en ce moment, répondit négligemment l'autre jeune femme. J'ai donné…

— Tu me caches. Tu as honte de moi ?

— Quoi ? Mais qu'est-ce que tu racontes ?

— Tu as peur qu'on tombe sur une de tes ex à chaque coin de bar ? On peut aussi sortir dans des endroits où tu ne connais personne… si c'est ça le problème.

— C'est pas aussi simple, Lalie… Comment te dire sans te blesser ? On vient de deux mondes différents, et vouloir les faire cohabiter ne m'a pas toujours réussi.

— Léo, tu dramatises. Les gens sont ouverts, maintenant. On est deux femmes, on sort ensemble. Je ne vois pas où est le problème.

— Je te rappelle que tu n'as toujours pas dit à tes parents que tu fréquentais une femme…

— Tu es de mauvaise foi, je ne leur ai pas dit que je fréquentais quelqu'un tout court. De la même manière que je ne leur avais pas parlé de Christophe, et c'était un mec. Tu cherches des prétextes, et je ne comprends pas pourquoi.

Lalie se leva, mit sa tasse vide dans le lave-vaisselle.

— Tu es de mauvaise foi, mais on ne va pas se gâcher le dimanche. Alors, quand tu auras décidé d'être honnête et de me dire pourquoi tu compartimentes comme ça, tu me feras signe. En attendant, je vais me doucher. Et je pense que je vais avoir besoin d'aide pour me laver le dos, conclut-elle un petit sourire au coin des lèvres.

Léo n'était pas prête ? Lalie ne la forcerait pas. L'impatience ne résolvait rien. Quand on obligeait les gens à avancer, soit ils reculaient, soit ils s'échappaient. Or, Léo avait déjà fui suffisamment pour toute une vie.

Quand Léo la rejoignit sous la douche, le simple contact de ses lèvres suffit à faire retomber la tension… et à faire monter la température.

Autant profiter, il serait bientôt temps d'affronter la réalité.

Chapitre 36

Au bout de combien de temps était-on un couple ? Au bout de combien de temps fêtait-on la Saint-Valentin ? Léo était-elle du genre à aimer ces petits rituels ? Ou classait-elle cela dans les pièges commerciaux ? Lalie n'avait jamais abordé le sujet, mais le 14 février était une date sensible pour elle. Même si le bonheur avait repris le pas dans sa vie, la mort de Marc la faisait encore souffrir. Était-ce parce que son deuil avait été différé ? Ou parce qu'on n'oubliait jamais vraiment quand on avait tant aimé ? Elle avait raconté toute son histoire avec Marc, mais sans mentionner la date de l'accident, ni qu'elle se sentait incapable d'envisager cette journée de manière anodine. Elle ne s'imaginait pas un instant offrir des chocolats en forme de cœur, ni même se fendre d'un dîner romantique. La date approchait, et elle allait devoir aborder le sujet, de peur de se retrouver dans une situation embarrassante.

C'est ainsi qu'elle profita de leur petit déjeuner en amoureuses un dimanche pour aborder le sujet.

— T'en penses quoi, toi, de la Saint-Valentin ?

Léo leva le nez de son bol de café, la mine perplexe. Elle était réveillée depuis peu de temps et elle avait du mal à émerger.

— Pourquoi j'ai l'impression que ça sent la question piège, là ?

— Non, comme ça, juste pour savoir.

— Ces dernières semaines m'ont appris un truc essentiel sur toi : c'est jamais « comme ça, juste pour savoir ». Allez, je vais jouer le jeu. Je me fous royalement de la Saint-Valentin, ça ne veut rien dire pour moi. Cependant, je suis déjà assez attachée à toi pour la célébrer si c'est une date à laquelle tu tiens. Pas parce que le monde du marketing en a décidé ainsi, mais parce que ça fait du bien à mon amoureuse.

Lalie ne pouvait pas rêver d'une meilleure réponse.

— En fait, je ne fête plus le 14 février. C'est la date à laquelle Marc est mort. Quatre ans… ça va faire quatre ans…

Cette phrase finit de sortir Léo de la semi-torpeur dans laquelle elle naviguait encore. Elle sentit que Lalie faisait tout son possible pour retenir ses émotions.

— Chou, tu as le droit de pleurer. Si tu en as envie, si tu en as besoin.

— Oui, mais c'est pas correct de pleurer l'homme que j'ai aimé, dans tes bras à toi.

— Et pourquoi ça ? Marc a été ton grand amour, vous étiez mariés, et il t'a été brusquement arraché. Et tu peux même dire « l'homme que j'aime ». Franchement, c'est OK pour moi.

Lalie regardait sa compagne avec un mélange de soulagement et de gratitude.

— Vraiment, tu ne seras pas jalouse ?

— Lalie, tu crois vraiment que je peux me sentir en concurrence avec quelqu'un malheureusement décédé ? Je ne sais pas si tu veux entendre ça aujourd'hui, mais je pense qu'on a assez de place dans le cœur pour plusieurs amours. Non, non, laisse-moi finir. Je n'ai pas dit pour les vivre toutes en même temps. Mais on peut continuer à aimer, différemment, les gens avec qui on ne sort plus.

— Tu aimes toujours Rosa ? C'est ça ?

— Je suis toujours attachée à elle. Elle fait partie de mon histoire, et je ne veux pas renier une part de ma vie. Désormais, je sais que ce n'est pas la femme avec qui je veux me projeter. Je t'assure que tu n'es pas plus menacée par Rosa, même vivante, que je ne le suis par Marc.

Léo se leva, fit le tour de l'îlot central de la cuisine et vint prendre Lalie dans ses bras. Leur étreinte fut à la fois douce et puissante, presque un paradoxe, à l'image de leur embryon de relation.

— Est-ce que jeudi tu peux te libérer une partie de la journée ? Peu importe quand. Il y a quelque chose que j'aimerais faire avec toi.

— J'ai deux visites programmées l'après-midi, mais je peux me libérer le matin. Je vais demander à ma boss, ça ne devrait pas poser de problème.

— Merci, ça compte vraiment beaucoup pour moi.

— Mais, mercredi soir, on dort ensemble. Tu viendras chez moi, comme ça tu peux être certaine que je n'aurai pas disparu au petit matin.

Les deux jeunes femmes s'embrassèrent, et Léo prit congé pour se rendre au déjeuner du dimanche chez sa grand-mère.

Chapitre 37

Le 14 février arriva à la vitesse de l'éclair. Lalie avait passé la nuit chez Léo et dormi comme un bébé. Elle, qui pensait ne même pas parvenir à s'assoupir, avait sombré dans un sommeil sans rêves. À son réveil, elle sentit la chaleur de sa partenaire tout contre elle, et cela lui fit du bien au corps comme à l'âme.

Elle lui caressa tout doucement le dos, afin de la réveiller. Léo avait beaucoup de mal à s'extirper de son sommeil. Elle dormait comme les enfants : à poings fermés, insensible au tonnerre du monde alentour. Lalie trouvait touchant de la voir s'extraire péniblement de sa torpeur, toute en étirements et petits grognements. C'était sans doute le seul moment où Léo laissait entrevoir sa part de fragilité, celle que l'on associe à tort à la féminité.

Lalie lui avait demandé de s'habiller de manière confortable, elle ne l'emmenait pas à un rendez-vous romantique. Cette dernière n'avait pas cherché à en savoir davantage. Non seulement elle aimait les surprises, mais elle voulait laisser à Lalie la liberté de mener sereinement sa matinée. Léo, d'instinct, avait compris que cela marquerait un tournant dans leur relation.

Elles montèrent toutes deux en voiture, Lalie conduirait. Elles s'éloignèrent de Nice et finirent par emprunter une petite route un peu sinueuse. Soudain, Lalie ralentit et gara le véhicule sur le bas-côté.

— C'est ici. Viens, prononça-t-elle d'un ton monocorde.

La perplexité pouvait se lire sur le visage de Léo, mais elle garda le silence. Elle pressentait qu'elle aurait bientôt la clé du mystère.

Lalie avait récupéré une plante en pot dans le coffre. Et la même petite pelle que trois ans auparavant.

— Comme je viens récupérer une chose, je voulais en laisser une autre en échange.

Lalie avait emmené Léo sur le lieu de l'accident de Marc. Cela aurait pu sembler sordide, mais ça ne l'était pas. Accroché au tronc de l'arbre, un bouquet fané. Les parents de Marc passeraient sans doute avec un nouveau dans la journée. Comme les cendres de Marc avaient été dispersées à cet endroit, c'est là que venait sa mère quand elle avait besoin de se recueillir. Comme si le dernier souffle de vie de son fils y flottait encore un peu.

Lalie s'ouvrit à Léo. Elle lui raconta toute l'histoire, là où elle n'avait toujours donné que les grandes lignes. Elle lui dit la colère, le sentiment de trahison, tout le temps perdu à détester plutôt qu'à cicatriser.

C'était la première fois qu'elle revenait là depuis l'explication avec sa sœur.

— Et tu es certaine de ne pas avoir besoin d'un peu d'espace avec lui, murmura Léo. Je peux remonter dans la voiture et te laisser lui parler.

— Non, je t'assure que ta présence m'est indispensable aujourd'hui. Tu peux me tenir ça ? demanda-t-elle en lui tendant la plante.

Léo tint le pot et regarda Lalie se pencher au pied de l'arbre et commencer à creuser avec une grande délicatesse. Après quelques petits coups avec son outil, elle le posa et continua, encore plus doucement, avec les mains. Elle retira une petite carte qui n'avait pas fort bien supporté son séjour dans la terre. Et elle se releva.

— Il y a trois ans, j'étais encore ravagée par la colère. Pour le premier anniversaire de l'accident, je suis revenue ici. J'étais animée de sentiments contradictoires. Je lui en voulais d'être mort, je lui en voulais de me manquer, je lui en voulais aussi d'une liaison qui n'avait existé que dans ma tête.

Lalie pleurait, mais ne cherchait ni à retenir ses larmes, ni à les essuyer. Elle avait besoin de parler et de laisser sortir ses émotions.

— J'ai donc passé ma Saint-Valentin à parler à mon mari mort, à qui j'en voulais terriblement. Je lui ai reproché des choses qui n'existaient pas. Je lui ai dit que je tirais un trait sur lui et je ne suis jamais revenue. J'ai enfoui quelque chose, de la même manière que je voulais enfouir toute ma douleur.

J'ai enfoui quelque chose, car je croyais que j'en avais définitivement fini avec ça.

Lalie tendit la carte à Léo.

— Je ne sais pas si je peux lire quelque chose que tu as écrit pour Marc, chou.

— Ce n'est pas vraiment pour lui que j'ai écrit. J'ai mis en mot ce que je voulais enterrer. Tu verras, ça se lit vite.

Léo ouvrit la carte, et la perplexité qu'elle ressentait quelques minutes auparavant monta encore d'un cran. Un seul mot, AMOUR, figurait sur cette carte et, si son sens littéral ne posait aucun souci, Léo n'était pas certaine de saisir ce qui se jouait à cet instant précis.

— Il y a trois ans, je pensais que je n'aimerais plus jamais. D'ailleurs, je ne voulais plus que ça m'arrive, plus jamais. Alors j'ai voulu enterrer ce concept à l'endroit où Marc avait perdu la vie. Tu dois te demander ce que tout ça signifie.

Elle reprit son souffle et poursuivit :

— Déjà, c'est un peu comme si je te présentais à Marc, comme si je guettais son assentiment. Nous n'avions jamais évoqué le fait que l'un de nous parte en premier, on était jeunes après tout. Je n'imagine pas qu'il aurait souhaité que je me morfonde à tout jamais. Il y a quelques jours, je me suis fait une réflexion étrange. J'aurais aimé que vous vous connaissiez, que vous vous appréciiez.

— T'es vraiment cinglée, comme nana, dit Léo en souriant.

— Ouais, c'est un peu comme si, à l'image des comédies romantiques, j'attendais qu'il nous envoie un signe. Punaise, maintenant que j'ai dit ça, tu vas te barrer en courant.

— Euh, non… vu que j'ignore dans quel coin paumé on est, je préférerais que tu me raccompagnes…

— Ha ha, tu es vraiment vilaine ! Je pourrais presque ne pas finir de t'expliquer ma démarche, pour la peine.

Un léger silence, comme le battement des ailes des anges, s'installa. Et puis Lalie reprit son aveu :

— C'est symbolique, mais aujourd'hui, j'ai voulu le déterrer et te l'offrir. Parce que c'est un jour parfait, parce que je suis prête à aimer. Et… parce que… j'espère que ce n'est pas trop tôt pour te le dire, mais je crois bien que je t'aime.

Léo s'approcha et prit Lalie contre elle.

— Il n'est jamais trop tôt pour dire ce que l'on ressent. D'autant que, moi aussi, je t'aime ! Tellement fort déjà !

Chapitre 38

— Maman, j'ai rencontré quelqu'un !

Viviane était sans doute sur le point de dire quelque chose, de manifester sa joie, mais Lalie ne lui laissa pas le temps.

— Mais c'est pas ce que tu crois, poursuivit-elle.

— Ma chérie, il aurait déjà fallu que tu me laisses le temps de croire quelque chose.

— Maman, s'il te plaît, laisse-moi finir. Ne rends pas les choses plus compliquées qu'elles le sont déjà.

Lalie se triturait les doigts. Sa mère, par un réflexe qui remontait à l'enfance, lui tapa doucement sur les mains pour la faire cesser. Lalie lui aurait bien dit qu'elle avait passé l'âge, mais elle se conduisait comme une petite fille n'osant avouer une bêtise à ses parents.

Sentant que l'aveu de sa fille ne lui était pas aisé, Viviane se leva afin de ne pas rester à la fixer. Les deux femmes se trouvaient dans l'accueillante cuisine parentale, qui avait déjà été le théâtre de tellement de grandes discussions, de jolies confessions. Surtout pendant l'adolescence des deux sœurs. Elles y avaient raconté leurs premiers émois, leurs journées d'école, annoncé bonnes et mauvaises notes.

Viviane sortit deux tasses d'une armoire, deux boules à thé, et, sans même consulter Lalie, les remplit d'un délicieux mélange de thé noir aux agrumes. Elle mit de l'eau dans la bouilloire, appuya sur le bouton afin de lancer la chauffe.

— Il paraît que tout est plus facile avec un bon thé, tenta-t-elle. Je ne sais pas ce qui te rend si nerveuse, mais je suis sûre que nous en rirons très bientôt.

Lalie, cette fois, se tortillait les cheveux. Viviane en déduisit que la situation était tendue et évita un nouveau geste afin de faire cesser cette autre manie qui l'agaçait. *Arrête de jouer avec cette maudite mèche, et crache le morceau*, tempêtait-elle en son for intérieur tout en affichant un sourire de façade. Qu'est-ce que sa fille allait encore annoncer ? N'en avaient-ils pas assez bavé, eux aussi, ces dernières années ? Une certaine sérénité lui avait pourtant paru envisageable depuis la présence de Lalie au réveillon. Fallait-il se préparer à affronter une nouvelle tempête ?

Peut-être n'en riraient-ils pas très bientôt finalement.

Le bouillonnement de l'eau sortit Viviane de sa réflexion.

— Pas trop chaud pour toi, si je me souviens bien.

Lalie hocha la tête. Elle cherchait ses mots…

Alors que sa mère versait de l'eau frémissante dans sa tasse, elle se lança enfin :

— C'est tout neuf et, en temps normal, je n'en aurais pas parlé si vite, mais…

Sa mère releva la tête, et son regard interrogateur lui fit perdre un peu de son courage. Mais elle se reprit et enchaîna :

— Mais, avec Léo, les choses vont être un peu différentes, si je puis dire.

Un nouveau silence s'installa. Viviane, pensant aider, tenta de relancer la conversation.

— Ah, Léo ! J'aime beaucoup le prénom de ce jeune homme ! Allez, dis-moi ce qui est gênant au point de devenir aussi rouge qu'une pivoine.

— En fait, maman… Léo n'est pas un garçon.

— Comment ça ? Tu me fais tout ce cinéma parce que tu as adopté un animal de compagnie ?

— Non, c'est juste que… Léo n'est pas un homme.

— Elle est bonne, celle-là. Si ce Léo n'est pas un homme, je ne vois pas…

Viviane resta la bouche ouverte, et le son de sa voix s'éteignit brusquement.

— Tu veux dire que…

— Oui, je veux dire que Léo s'appelle en fait Léonore, et qu'on la genre au féminin.

— Eh ben, ça alors…

— Ça te pose un problème, maman ? balança Lalie plutôt frontalement.

— Oui, euh, non… enfin j'en sais rien, moi. Je m'y attendais pas, c'est tout. C'est inattendu. Ton père disait il y a peu que tu nous avais tout fait. On peut dire qu'il se trompait.

Après s'être tue, Viviane semblait ne plus pouvoir s'arrêter de parler. Était-elle mal à l'aise ? Heureuse pour sa fille ? Impossible de savoir ce que cachait son grand sourire, ni la logorrhée qui suivit. Elle voulait tout savoir, que sa fille lui raconte tout, par le menu. Lalie ne se fit pas prier, même si elle ne parvenait à décrypter la réaction de sa mère. L'homosexualité n'était pas taboue dans sa famille, on en parlait, on était ouvert. En revanche, personne dans l'entourage proche n'avait encore jamais été en couple avec quelqu'un du même sexe.

— Et donc, tu crois que papa… que ça va le gêner, quoi ?

— Je pense que ça va le secouer, oui. Tu n'as jamais manifesté d'intérêt que pour des garçons. Tu vois bien à quel point j'étais ancrée dans ma certitude. Tu m'annonces que tu fréquentes quelqu'un, et mon cerveau ne peut imaginer un autre scénario que celui d'un couple hétérosexuel.

La surprise était passée, et Viviane ne manifestait aucune réticence, on le sentait. Elle était amusée de ne rien avoir vu venir, et de s'être spontanément projetée dans un schéma plus traditionnel.

— Je te souhaite juste d'être heureuse, tu sais. Peu importe avec qui.

— Je craignais vraiment que tu le prennes moins bien que ça, que tu émettes des objections.

— Des objections ? Non. En revanche, j'ai des craintes. Même si les choses évoluent, on entend encore beaucoup trop d'histoires sordides de couples agressés juste parce qu'ils circulaient main dans la main.

Elle avait raison, les faits divers regorgeaient encore de ce type de sujets…

— Mais, pour papa… tu penses que ce sera plus dur ?

— Je me trompe peut-être, mais il est possible qu'il ait un peu de mal à encaisser au début. Il risque ensuite de faire des traits d'humour un peu stupides, car il ne saura pas trop comment se positionner.

Devant l'air interdit de Lalie, Viviane jugea bon d'ajouter :

— Tu ne le trouveras jamais dans une de ces honteuses « manifs pour tous », mais on est d'une autre génération. À notre époque, c'était même interdit par la loi. Je pense que ton père manque encore d'un peu d'exemples concrets dans sa propre sphère. Pour le coup, ça va le plonger directement dedans.

— Donc tu penses qu'il vaut mieux y aller doucement, avec papa ? Ou même ne rien lui dire ?

— Mais non ! Vis, ma fille ! C'est la meilleure manière de rendre ça naturel… parce que ça l'est. Évidemment, on aura peur que ton amoureuse et toi, vous en preniez plein la tête. En tant que parents, on veut que nos enfants soient le plus à l'abri possible de la furie du monde. Mais on sait aussi que la société trouvera toujours quelque chose à redire sur tout.

On juge mal ce qu'on ne connaît pas, on peut nourrir des peurs absurdes de ce qui nous semblait trop éloigné de nous. Il suffit d'ouvrir ses yeux et son cœur pour s'apercevoir de la richesse des diversités.

Ne pas se sentir en danger, car autrui ne vit pas comme soi, n'est pas heureux des mêmes choses que soi. Aucun modèle ne suppose de remettre en cause celui des autres. Bien au contraire.

Lalie partit après un long câlin avec sa mère : leurs liens s'étaient encore resserrés ce jour-là.

Chapitre 39

Lalie avait pris l'habitude de se lever aux aurores, afin de pouvoir petit-déjeuner avec Léo qui aimait se rendre tôt à l'agence. Elle organisait son emploi du temps plus ou moins comme elle le souhaitait, on lui faisait confiance. Même si elle n'avait que peu de visites le matin, elle appréciait d'y arriver avant tous les autres, pour mettre ses dossiers à jour. On approchait doucement de l'été, et les locations saisonnières allaient s'ajouter au flux habituel des demandes. Son agence faisait dans les ventes et locations de standing, et les clients, souvent fortunés, étaient tatillons. Tout euro dépensé devait être justifié, et ils étaient très attentifs aux prestations, notamment quand il s'agissait de leurs vacances. Lalie n'aurait pas imaginé Léo travailler dans un secteur aussi huppé. Au quotidien, sa compagne était naturelle, lookée de manière à passer le plus inaperçue possible. Mais, quand elle partait au travail, elle avait la classe. C'était tailleur tous les jours, rien d'autre. Tailleur-pantalon, évidemment.

Une fois, Lalie lui avait posé la question de la jupe. « Tu voudrais que je me déguise ? » était la seule réponse qu'elle avait obtenue. On ne pouvait pas dire que Léo se comporte comme une femme, enfin comme ce que les stéréotypes imposent aux femmes. Elle ne se comportait pas non plus comme un homme. Elle était Léo, tout simplement. L'état civil indiquait « féminin », elle se sentait surtout « être humain ». Elles n'avaient jamais vraiment abordé le sujet, mais Léo ne s'embarrassait pas de tous les trucs dits « de fille » : lingerie en dentelle (« T'es dingue, ça gratte »), maquillage (« T'es dingue, ça gratte »), épilation (« Ah si, ça, par contre oui, sinon ça gratte »)… Léo dormait et se promenait toujours dans la même tenue le matin : boxer et buste nu. Elle ne semblait pas prendre conscience de ses seins.

— T'es quand même une sacrée exhib ! ricana Lalie.

— Hein, quoi ? Pourquoi ?

— Tu te balades devant moi, les nibs au vent, l'air de rien…

Léo la regarda, perplexe ; puis regarda sa poitrine, deux petits seins discrets aux jolies aréoles roses.

— Tu parles de ces deux-là ? demanda-t-elle, les pointant chacun d'un index.

Elle rit et enchaîna.

— Tu sais, au début, je les détestais. Quand, ado, j'ai vu qu'ils décidaient de se développer, j'étais terrifiée à l'idée de devoir me trimballer avec deux énormes pommes devant moi. Heureusement, la nature m'a entendue et a arrêté la manœuvre à l'état de petits œufs au plat. Pas de soutif, comme tu le sais. Une brassière, à la limite, pour pas être gênée pendant le sport. Et le tour est joué.

— Ah, et… du coup, les miens… tu les trouves trop gros ?

À la tête de Lalie, Léo explosa de rire. Depuis que Lalie avait cessé de courir comme une forcenée, certaines parties de son corps avaient repris leurs formes naturelles. Et c'était fort joli.

— Mais non, tu es parfaite, splendide, miss 90B. Et, d'ailleurs, je t'aime ; peu importe la taille des nibards. C'est juste dans mon rapport avec mon propre corps. Ces seins, les miens je veux dire, c'est comme s'ils étaient là par erreur. Ils ne sont pas gros, donc je les oublie. Mais je l'aurais peut-être très mal vécu, sinon.

Léo avait un look « garçonne », mais elle n'avait jamais davantage parlé de ce que cela pouvait supposer quant à son identité réelle. Elle n'avait jamais tiqué quant au fait d'être considérée comme une femme, ne cherchait pas plus à afficher des comportements masculins que féminins. Elle vivait, le mieux possible, avec le corps dans lequel elle était née.

— Tu te sens plus… homme ? Tu aurais voulu être un homme ? osa Lalie.

Léo comprit que leur conversation avait pris un virage. Quoi de plus normal après tout ? Elles s'aimaient, voyaient leur relation prendre de l'épaisseur. Le dialogue était important, et, même entre deux femmes, rien ne coulait de source dans un couple.

Léo prit la main de son amoureuse, et elles se dirigèrent vers le salon. Elles s'installèrent bien confortablement dans le canapé, assises en tailleur, l'une en face de l'autre. Léo prit un coussin qu'elle cala entre ses bras et son ventre. Elle ne serait pas la première à l'agence ce matin-là.

— Tu sais, c'est une question délicate. Je ne l'aborde pas avec grand monde. Mais, pour toi, je vais faire un effort.

Elle se balançait d'avant en arrière, malaxant le coussin. Le sujet la rendait nerveuse, chaque centimètre de son corps en témoignait.

— Je ne suis pas un homme, ni dans mon corps, ni dans ma tête. Je me suis posé la question, à l'arrivée de mes règles, quand ma poitrine s'est développée. J'ai détesté cette période, mais je ne suis pas certaine que ce soit la plus épanouissante pour n'importe quelle fille. On a mal, on ne se reconnaît plus. J'étais super mal à l'aise, tout ça ne m'appartenait pas. Je ne me sentais pas ce genre de femme, tu vois. Et puis, j'ai su très tôt que les filles m'attiraient. Gamine, je n'y prêtais pas trop attention. Quand on est petit, tout fait rire les adultes, en matière d'amours enfantines. Tu peux même dire que tu es amoureux de plusieurs personnes, on te félicite. Bizarrement, adulte, le polyamour, ça passe plutôt mal.

Lalie aimait cette façon qu'avait Léo de se raconter. Elle était capable de dédramatiser n'importe quoi, de transformer une confession délicate en une conversation légère.

— J'en ai parlé avec un pote. C'était plus simple de dire à un garçon qu'on est une fille qui aime les filles. Je crois que c'était le seul, à l'époque, à ne pas se moquer, à ne pas m'emmerder avec ça. Tout ça pour te dire qu'au fil de nos discussions, dont je te passe les détails, j'ai bien compris que, si la question du genre était ambiguë chez moi, je n'avais pas de problème avec mon sexe. En aucun cas, je n'avais envie d'avoir un pénis. Je ne sais pas ce que j'aurais fait de ce truc-là.

Les deux femmes rirent de concert.

— Moi, je sais bien ce que tu aurais pu en faire, dit Lalie.

— Je ne t'ai jamais demandé, d'ailleurs…

— Demandé quoi ?

— Si toi, ça te manquait… si tu n'étais pas frustrée…

La sexualité de Lalie avait forcément changé. Elle aurait en effet pensé qu'il lui manquerait quelque chose, et pourtant, ce n'était pas exactement en ces termes que cela se jouait.

— C'est différent. Je ne te dirai pas que je n'y pense jamais, je mentirais. Il y a un contact particulier lors d'une pénétration avec un pénis. En revanche, dans la majorité des relations que j'ai pu avoir avec des hommes, même quand c'était vraiment très bien, j'avais l'impression que tout tournait autour de ça.

À la mine perplexe que faisait Léo, Lalie décida d'être plus explicite.

— Eh bien, le mec, tu vois, il faut qu'il bande. Et, quand ça ne vient pas, ça peut être problématique. Je me suis déjà retrouvée à rassurer mon partenaire en lui sortant l'horrible « C'est pas grave, ça arrive ».

— Et ça l'est, en réalité ?

— Ben, tu le crois. Des siècles à te dire que pour qu'une relation sexuelle soit valable, qu'on ait vraiment couché avec quelqu'un, il faut avoir été pénétrée par un pénis. Pour certains, même un gode, ça compte pas.

— Ouais, ça je sais. La plupart des gynécos pensent que, de fait, les lesbiennes sont vierges, qu'elles n'ont pas vraiment de vie sexuelle.

Les théories de Freud n'avaient pas aidé à prendre en compte le plaisir féminin, jugé immature s'il n'était pas vaginal. Des décennies de théories fumeuses, pendant lesquelles le clitoris s'était trouvé le grand oublié, expliquant sans doute tout un tas de clichés sur le peu de besoins physiologiques des femmes, en regard de ceux des hommes.

— En faisant l'amour avec toi, j'ai compris que les préliminaires, ça n'existe pas. Le terme, je veux dire. C'est juste du sexe. Tout court. Pas quelque chose censé préparer autre chose de plus important.

— La pénétration…

— La pénétration avec un pénis, uniquement.

Les deux jeunes femmes étaient littéralement emportées par leur conversation. À grand renfort de bras qui moulinent en tous sens, elles ne voyaient pas le temps passer et refaisaient le monde. Leur monde.

— Finalement, si on replaçait la pénistration[1] comme une pratique parmi tant d'autres, peut-être que le genre de notre partenaire serait également un détail parmi tant d'autres, poursuivit Lalie.

— Chou, pour le coup, je ne sais pas si c'est aussi simple. En ce qui me concerne, je n'ai jamais été attirée par un homme. Même si je devais ne pas avoir à me soucier de son pénis, je ne serais pas plus attirée.

Il devenait évident qu'on ne pouvait expliquer ce qui déclenchait le désir de l'autre. Dans le cas de Lalie, son attirance pour Léo s'était manifestée en dépit du fait qu'elle soit une femme.

— Tu as raison, je ne sais pas si tu me fais vibrer parce que tu es une femme, ou malgré le fait que tu sois une femme. Tu m'attires parce que tu es toi.

— Tu n'as jamais désiré d'autre femme que moi ?

Lalie répondit par la négative.

— Si un jour on se sépare, je ne sais pas si je fréquenterai de nouveau un homme, ou plutôt une femme. Je pense que je n'ai plus aucune raison de me fermer des portes.

— Quelle chance tu as ! Pour toi, maintenant, le monde entier est une possibilité !

---

1. Expression utilisée par Charline du compte Instagram « Orgasme et moi » : désigne une pénétration avec un pénis. J'espère que tu me pardonneras cet anachronisme, lecteur, mais je trouve ce terme parfait.

Chapitre 40

La simplicité avec laquelle elles envisageaient leur relation ne serait pas forcément vécue de la même manière dans leur entourage. Léo l'avait prévenue. Avec ses potes, c'était loin d'être gagné. Elle fréquentait uniquement des lesbiennes, aux idées plutôt arrêtées sur les préférences sexuelles. Lalie n'en démordait pas, elle ne pouvait vivre avec Léo sans connaître ses proches. Elle se sentait d'ailleurs suffisamment géniale pour se faire apprécier au-delà de son « passé » d'hétérosexuelle.

Elles avaient abordé l'éventualité d'un brunch, mais les emplois du temps de chacun étant fort différents, la date n'était pas encore parfaitement calée.

En attendant, les placards n'allaient pas se remplir tout seuls, et les deux jeunes femmes durent s'astreindre à la corvée des courses. Lalie, en fille organisée, avait préparé une liste, et Léo se laissait guider, peu intéressée par leur mission du jour.

— Mais qu'est-ce que t'as à râler comme ça depuis vingt minutes ?

— Franchement, c'est pour éviter ça qu'ils ont inventé les drives…, souffla Léo.

— Éviter quoi ?

— Tout ce temps perdu à tourner dans les rayons, à peser le pour et le contre entre des produits qui se ressemblent.

Lalie, très spontanément, s'approcha de Léo et l'embrassa. Le petit mouvement de recul de cette dernière n'échappa pas à Lalie. Alors elle recommença, plus franchement.

Une petite phrase derrière elles se fit entendre :

— Maman, regarde, y a deux filles qui s'embrassent sur la bouche !

La scène aurait pu être mignonne si la mère en question n'avait pas ajouté :

— Viens, on s'en va, c'est dégoûtant ! Comme si elles pouvaient pas être plus discrètes !

Lalie, provocatrice, prit fièrement la main de Léo qui la retira brusquement.

— Arrête, j'ai pas envie de me faire remarquer.

— Léo, ça va, je t'ai juste embrassée… comme n'importe quel couple.

— Justement, on n'est pas n'importe quel couple.

— Ah ben ça, c'est la meilleure ! Tu as honte ou quoi ? C'est pas toi qui voulais que j'assume ?

Le ton avait légèrement monté, et quelques clients avaient interrompu le fil de leurs activités. Léo, mal à l'aise, tenta d'apaiser sa compagne.

— Oui, oui, avec nos proches. Par contre, là, en plein milieu du supermarché, c'est pas le meilleur endroit.

— Ah ouais ? Et pourquoi ? Le meilleur endroit pour embrasser ma meuf, c'est celui où je ressens l'envie de l'embrasser, non ?

Pour le coup, plusieurs personnes s'étaient arrêtées, curieuses de ce petit spectacle impromptu.

— Voilà, t'as gagné, tout le monde nous regarde, souffla Léo.

— Eh ben, qu'ils le fassent : à nous regarder, ils s'habitueront[1]. Franchement, tu fais tout une histoire pour rien du tout ! s'emporta Lalie.

— « Pour rien du tout », pfffff…

Léo posa le panier déjà chargé, tourna les talons et s'éloigna à grands pas décidés, laissant Lalie en plein milieu du rayon.

— Léo, mais tu vas où ?

Cette dernière ne se retourna pas et disparut au coin du rayon. Elle quitta le magasin sans même hésiter.

Lalie, hébétée, finit tout de même ses achats, passa en caisse comme un automate. Que venait-il de se produire ? Pourquoi Léo la plantait-elle ainsi ? Quelque chose lui échappait… mais quoi ?

En sortant du magasin, elle espérait retrouver Léo à la voiture. Elle n'était pas là. Sans doute avait-elle

1. Librement emprunté à René Char.

voulu marcher un peu, faire passer cette colère froide qu'elle ne lui avait jamais vue. Elle essaya de l'appeler, mais tomba directement sur son répondeur. Elle tenta sur le téléphone professionnel, qui sonna avant qu'elle ne bascule sur messagerie. Lalie prit le parti de rentrer et d'aviser. Léo finirait bien par s'apaiser et lui faire signe de vie.

Cette fois, il fallut moins de deux heures à Léo pour sortir de son silence. Elle avait envoyé un SMS très rapidement pour lui dire qu'elle prenait un peu l'air, et qu'elle l'appellerait en fin de journée.

Lalie avait appelé Maggy qui s'était montrée surprise.

— Tu es certaine que tu n'en as pas trop dit ou pas trop fait ?

— Franchement, je ne pense pas. Je voulais juste l'embrasser spontanément. Je n'ai pas compris pourquoi elle s'est braquée comme ça.

— Elle n'est peut-être pas à l'aise avec les effusions en public, tenta Maggy.

— « Pas à l'aise », « pas à l'aise ». Si tu l'avais vue avec son ex, je pense que tu ne me tiendrais pas ce genre de discours.

Cette simple pensée fit monter d'un cran l'amertume de Lalie, ainsi qu'un sentiment diffus de jalousie.

— Et qu'est-ce qui me dit, d'ailleurs, qu'elle n'est pas allée se réfugier dans ses bras, encore une fois ? poursuivit-elle.

Maggy soupira longuement… elle ne parvenait plus à cacher son exaspération.

— Écoute, Lalie, ça suffit. Je ne te connaissais pas amoureuse, mais quand tu doutes de toi comme ça… tu n'es vraiment pas la meilleure version de toi-même.

Cette tirade eut l'effet escompté : Lalie se tut. Maggy avait l'art de la formule et savait toujours quoi dire pour apaiser les situations. Une fois encore, ses mots firent mouche.

— Ce n'est pas parce que ta meuf s'est barrée qu'elle te trompe. Ce n'est pas parce que ta meuf s'est barrée qu'elle a un problème avec toi. Tu la connais à peine. Tu n'as aucune idée de ses fêlures, ni des casseroles qu'elle peut traîner derrière elle. Crois-moi, parfois, quand on redémarre trop vite, les casseroles s'agitent et font plus de boucan qu'on peut en supporter.

Maggy était la voix de la raison, comme souvent. Derrière son attitude parfois légère, qui pouvait laisser croire à une grande candeur, se cachait une maturité très affirmée.

— Bon, il y a aussi cette femme qui a dit à son enfant qu'on ne devrait pas s'afficher ainsi…

— Tu dis ça comme si c'était rien ! Les gens sont horribles !

— Ouais, mais on s'en fout du regard des gens !

— Toi, peut-être, mais tu ne peux pas imposer à Léo de vivre les choses de la même manière que toi.

— Tu as raison, mais je ne me vois pas évoluer dans une relation où l'autre fuit à la première difficulté.

— Elle n'a pas fui, cette fois. Elle a pris un peu de distance et t'a écrit pour t'en informer. Alors, pour l'instant, laisse retomber un peu la pression. Léo t'aime, je n'ai aucun doute à ce sujet. On voit à quel point les liens sont déjà forts entre vous.

— Ah oui ?

— Laisse-lui juste un peu de temps. Laisse-la revenir, et ayez une vraie conversation. Tu sais, ça ne doit pas être facile tous les jours d'assumer qu'on est gay. On vit dans notre petite bulle d'hétéro, on n'a pas à espérer que les autres tolèrent nos choix amoureux. Parce que c'est bien de ça qu'il s'agit : la propension des gens à penser que les choix des autres les regardent et que leur approbation est nécessaire. Ça a dû laisser des traces chez Léo, la connerie des gens. Alors tes gros sabots et toi, il n'est pas impossible que vous ayez brisé quelques babioles en entrant dans sa vie.

Léo l'appela, comme promis, en fin d'après-midi. Elles se rejoignirent dans le Vieux-Nice pour dîner. Léo s'excusa d'être partie, et Lalie de ne pas avoir anticipé sur ce qui pouvait blesser sa compagne. Elles décidèrent qu'il était temps de rencontrer leurs familles respectives.

Chapitre 41

Ce repas de famille était une idée à la fois excitante et effrayante. Si les parents de Lalie n'aimaient pas Léo ? Si la grand-mère de Léo n'aimait pas Lalie ? Et si tout ce petit monde ne s'entendait pas ?

Lalie chassa toutes ces idées noires et se mit aux fourneaux. Léo se chargeait de l'apéritif et du dessert. Comprenez par là qu'elle était partie dévaliser la boulangerie en mignardises salées et sucrées... Lalie avait décidé de faire simple en proposant une salade niçoise en entrée et des lasagnes en plat de résistance. La sauce mijotait depuis la veille au soir et embaumait l'appartement. Elles avaient décidé de recevoir chez Lalie : le séjour était plus grand, et la proximité du port offrait la perspective d'une petite promenade digestive. La grand-mère de Léo était une personne en pleine forme, qui apprécierait de ponctuer la journée d'une balade en plein air dans son quartier chéri.

Lalie entendit le bruit des clés, puis celui de la porte se refermant.

— T'en as mis du temps, j'ai pensé que tu avais été renversée par une joggeuse du dimanche.

— T'y es presque, chou. Mais, depuis toi, je me méfie et j'ai l'œil. Figure-toi qu'en partant j'ai croisé ta voisine, Marnie.

— Oh, j'ai un peu honte : ça fait des semaines que je lui ai pas rendu visite.

— En plein dans le mille… elle m'a fait remarquer, mine de rien, que depuis que j'étais entrée dans ta vie, plus personne ne lui apportait de petites douceurs…

Les deux jeunes femmes rirent en chœur de la remarque futée de la vieille dame.

— Alors, tu me connais… arrivée à la boulangerie, je lui ai acheté aussi quelques macarons. En les lui déposant, je n'ai pas pu éviter une invitation pour le thé. Dieu que cette femme est bavarde ! J'ai bien pensé ne pas pouvoir m'échapper. Je t'aurais bien prévenue, mais je suis partie sans mon téléphone.

En effet, celui-ci trônait bien en vue, à la portée de Lalie. Cette fois, à aucun moment, elle n'avait éprouvé la tentation d'y jeter un coup d'œil. Elle avait confiance en Léo. Elle avait également confiance en elle-même, désormais.

— Je reconnais que, ces dernières semaines, je l'ai un peu délaissée.

— Et son pancréas aussi, apparemment. Elle m'a raconté que tu lui avais apporté des cargaisons de petites douceurs ces derniers mois. J'imaginais pas que tu fréquentais autant la boulangerie, avec ta manie de la nourriture verte et sans sauce…

Lalie lui raconta les coulisses de leurs retrouvailles « inattendues ». Loin de se moquer d'elle, Léo fut très touchée de voir la manière dont sa compagne avait forcé le destin. Elle n'imaginait pas que quelqu'un pouvait souhaiter à ce point la revoir, jusqu'à inventer tout un scénario pour y parvenir. L'une comme l'autre avaient beaucoup appris ces derniers temps. Appris à se faire confiance, à faire confiance à l'autre. Tout simplement à croire en la vie et à la saisir à bras-le-corps. Les choses n'avaient pas été faciles, elles étaient toutes les deux de grandes écorchées. La situation n'était pas banale non plus et avait pu raviver leurs inquiétudes à toutes les deux. Léo avait promis de ne plus fuir, et Lalie de ne pas être suspicieuse à la moindre fausse alerte. Elles trouveraient leur rythme, elles en étaient convaincues. Cela prendrait sans doute un peu de temps, mais elles étaient un couple, une équipe. Alors elles passeraient les plus hautes vagues ensemble, main dans la main.

Pour clore cette discussion et ce pacte tacite qui venait de se nouer un peu plus fort entre elles, Léo déposa un baiser sur les lèvres de celle qu'elle attendait depuis toujours, lui semblait-il. Lalie ressentit une onde de bien-être, mais se ressaisit : ce n'était pas le moment de laisser brûler la sauce. Leurs invités seraient là dans moins d'une heure.

Ce premier repas à cinq se passa à merveille. Lalie regretta l'absence de Lorène : sa sœur lui manquait, et elle aurait aimé pouvoir partager ce bon moment avec sa cadette. Georges et Viviane étreignirent Léo dès leur entrée. Ils étaient impatients et heureux de rencontrer celle qui avait redonné le goût de vivre à leur fille. Anne-Marie, la grand-mère de Léo, arriva quelques minutes après, heureuse elle aussi de rencontrer Lalie. Tout le monde se mit à bavarder avec l'aisance de personnes qui se connaissent depuis toujours.

Lalie n'avait d'yeux que pour Anne-Marie, cette femme qui avait été capable de se fâcher avec son propre fils pour élever sa petite-fille. Cette femme d'une autre génération qui ne jugeait pas l'intimité des autres, qui n'avait voulu que le bonheur de Léo.

Le plat principal avait remporté tous les suffrages, et l'on s'accorda une petite pause avant le dessert. La conversation prit un tour plus intime.

— Léo n'a pas toujours été simple à vivre, mais ça, Lalie, tu dois déjà le savoir, plaisanta Anne-Marie. C'était une jeune femme blessée et en colère, et on l'aurait été à moins. Ses parents lui ont tourné le dos, l'ont mise à la rue sans crier gare. Ils n'ont pas eu de souci, elle fêtait ses dix-huit ans le mois suivant. Mais elle était encore au lycée, elle voulait étudier. Elle n'avait pas un rond pour se débrouiller seule.

— C'est beau, ce que vous avez fait, ajouta Georges. Je ne sais pas comment j'aurais réagi, il y a une dizaine d'années, dans la même situation.

— J'ai juste joué mon rôle. J'ai été un peu surprise, c'est vrai, quand les mots ont été prononcés. Ma petite-fille aimait les filles. Bon, ça n'était pas commun. Je pensais un peu qu'on ne voyait ça que dans les émissions à la télé, chez les autres. Et, un jour, on se rend compte qu'on peut être les autres, nous aussi.

— Et donc, ça ne vous a pas gênée un instant ? insista le père de Lalie.

— Ce qui m'a le plus contrariée, c'est la violence de la société à l'égard de ceux qui ont une vie différente de ce qu'attend la norme. Les mômes de son lycée n'étaient pas tendres, ses propres parents l'avaient considérée comme une abomination et foutue dehors…

Georges était content de trouver une oreille à la fois attentive et avertie. Il continua donc à sonder Anne-Marie :

— Leur vie à deux ne s'annonce pas simple quand même. Lalie a déjà perdu un mari, et on a pensé qu'on avait également perdu notre fille. Elle a été dévastée au point de tous nous éloigner d'elle. C'était dur, ça nous a drôlement fragilisés aussi. Alors, avec la situation, je me pose tout un tas de questions. Auront-elles envie de se marier ? D'avoir un enfant, de fonder une famille ?

— Vous avez raison, Georges, répondit la grand-mère de Léo. Ce sont des questions qu'on a normalement le temps de se poser, elles font partie – ou non – des étapes de la vie. Or, on a l'impression qu'il faut tout anticiper, tout de suite. Pour les protéger, pour commencer à parer les coups avant même qu'ils arrivent.

Viviane, pour éviter de laisser paraître l'émotion qui la submergeait, se leva et rassembla une partie des couverts. Lalie l'imita et la suivit dans la cuisine.

— Tu sais, Lalie, ton père et moi, on n'a aucun problème avec le fait que tu sois amoureuse d'une femme. Comme Anne-Marie, on a été surpris. Même si la parole se libère doucement sur le sujet, c'est encore peu commun, les couples qui osent vivre leur amour au grand jour. En réalité, ce qui nous effraie le plus, c'est ton désir d'enfant. Cette obsession que tu avais avec Marc, à concevoir naturellement un enfant ; à refuser d'envisager une PMA, et encore moins une adoption.

— Oui, tu as raison, c'est une chose dont nous avons déjà parlé, Léo et moi.

— Déjà ? s'étonna Viviane.

— Oui, justement parce que la situation est telle que, là où les couples hétérosexuels peuvent laisser faire la nature, nous devons tout de suite vérifier que nous sommes sur la même longueur d'onde. Même si cette discussion n'implique pas de s'y mettre tout de suite, évidemment.

L'entrée de Léo dans la cuisine interrompit la conversation.

— Je peux donner un coup de main ? On passe à la suite ?

— Excellente idée, je te laisse mettre les assiettes à dessert sur la table, on se charge de faire du café et du thé.

Tout le monde rejoignit la pièce à vivre. La conversation continua très spontanément.

— Merci pour cette invitation qui me sort de mes petites manies du dimanche. D'habitude, Léo passe me voir avec mes macarons préférés. C'est un rituel auquel je tiens particulièrement.

— Ne vous inquiétez pas, Anne-Marie, Léo a prévu un bel assortiment pour le dessert. C'est drôle : cette manie de mamie m'avait induite en erreur. Je lui imaginais une petite mamie d'un autre temps, un peu pénible avec ses habitudes imperturbables.

Anne-Marie rit de bon cœur, et Léo se mit à rougir. Avec l'autorisation de sa petite-fille, elle raconta le début de cette tradition entre elles.

— Léo a passé une sale période, un peu après avoir pris son indépendance. Elle sortait beaucoup, rentrait rarement sobre et se levait à des heures indues. Je ne voulais pas lui faire la morale, elle m'aurait envoyée balader. Alors je lui ai demandé une faveur, une seule. Et ça, je savais qu'elle ne me la refuserait pas. Me rapporter des macarons, parfum caramel au beurre salé.

— On aurait dû essayer ça avec Lalie, glissa Georges. On ne serait peut-être pas restés si longtemps sans la voir.

Même s'il n'en voulait pas à sa fille, on sentait que cette période avait laissé les traces d'une grande souffrance dans son cœur de père.

— Vous ne vous y trompez pas, Georges. C'était un subterfuge pour voir Léo, à une heure raisonnable. Pour la forcer à sortir de son antre, à peu près sobre, pour me rendre visite. J'avais bien insisté sur le choix de la boulangerie, prétextant que je n'aimais que ceux-là. Et maintenant, Léo, je peux t'avouer quelque chose.

Cette dernière regarda sa grand-mère d'un air circonspect. Elle savait que la vieille dame était capable de tout.

— Je connais bien la boulangère. Elle a eu l'idée de dire à Léo que les commandes n'étaient pas possibles pour les macarons, le dimanche. Et que, passé une certaine heure, elle aurait du mal à lui garantir d'en avoir encore. Une fois, elle a même feint de ne plus en avoir, et moi d'être fâchée. Ensuite, Léo est toujours venue à l'heure, ayant rempli sa mission… et de moins en moins éméchée.

— Mamie, tu es la personne la plus machiavélique… et la plus aimante que je connaisse.

— Et toi, tu es la plus belle chose qui me soit arrivée ! Je plains tes parents qui se privent de la joie de t'avoir dans leur vie. Qu'y a-t-il de plus important que de prendre soin de ses enfants ? Je sais que c'est complètement prématuré, mais…

Anne-Marie s'interrompit : son enthousiasme l'avait un peu dépassée.

— Non, non, oubliez, ça ne se demande pas. Surtout aussi tôt.

— On en parlait, avec ma mère, dans la cuisine, justement.

— Ah ! la question des bébés ? suggéra Léo. Lalie m'a raconté son obsession, quand elle était mariée, d'avoir un enfant de la manière la plus naturelle possible. Forcément, elle a vite compris que, même si je suis incroyable, j'ai mes limites.

L'aplomb et le naturel de Léo faisaient une grande partie de son charme, et elle avait déjà conquis, sans le savoir, l'estime et le cœur des parents de sa bien-aimée. Elle poursuivit :

— Nous sommes très rapidement tombées d'accord sur un point : si nous avions le courage d'entreprendre un parcours de PMA, je lui laisserais volontiers assumer la grossesse. Autant je me projette dans l'idée d'élever un enfant, autant le reste ne me tente pas du tout.

— Mais la PMA n'est pas autorisée aux couples de même sexe, en France, il me semble, avança Viviane.

— Non, et c'est pas pour demain, répondit Lalie. Les lignes bougent autour de la question du mariage et, de fait, peut-être aussi de la question de l'adoption, mais ça risque d'être beaucoup d'épreuves à traverser pour protéger l'enfant que nous aurions. Et pour permettre à Léo d'exercer pleinement ses droits de parent.

Un léger silence s'installa. Tout le monde était conscient du chemin qu'il restait encore à parcourir avant que chaque couple puisse s'aimer avec les mêmes droits, puisse obtenir celui de fonder une famille et de la mettre à l'abri grâce aux lois républicaines.

— Papa, maman, je sais que vous m'avez connue bornée sur le sujet. Ces dernières années, avec la perte de Marc en partie à cause de mon obstination et la rencontre de Léo… tout ça m'a permis d'avancer, de prendre conscience que je perdais mon temps à planifier ma vie plutôt qu'à la vivre.

Elle saisit la main d'Anne-Marie, assise à côté d'elle, et ajouta, en guise de conclusion :

— On sait que rien ne sera facile, mais on s'aime. Et, aujourd'hui, je sais que nous sommes bien entourées.

Chapitre 42

Le temps s'était considérablement adouci. On était encore loin des chaleurs estivales qui attirent les touristes, mais en mai, les Niçois commençaient à retrouver le plaisir d'une douce chaleur sur leur peau. Si Lalie se réjouissait que le repas avec ses parents et Anne-Marie se soit déroulé à merveille, elle n'ignorait pas que la plus grosse épreuve était encore à venir. Se faire accepter des amis de sa compagne.

Histoire de rendre la première rencontre informelle, Léo avait proposé un apéro sur la plage, aux alentours de 18 heures. Il ferait encore bon, et en semaine pas de risque d'avoir trop de monde. Ainsi, malgré tout, il serait agréable d'échanger dans un calme relatif. Léo avait peu d'amis proches. Elle connaissait beaucoup de monde, mais elle ne laissait entrer que peu de gens dans son cercle. Il y aurait donc Rosa, Anna, Jonas et son mec. Pour rendre les choses plus fluides, Léo avait suggéré à Lalie d'en parler à Maggy. Cette dernière s'était empressée d'accepter. Elle passerait accompagnée de Bastian.

Chacun devait se charger d'apporter une spécialité sucrée ou salée, et quelque chose à boire.

Pas de rangement, pas de ménage ni avant ni après. Et exception faite des galets qui vous broient les fesses, c'était la formule parfaite.

Lalie et Léo furent les premières arrivées. Si les passants étaient nombreux sur la Promenade des Anglais, la plage, elle, était quasiment déserte. On ne se pressait pas encore au bord de l'eau, surtout le soir. Lalie avait apporté une vraie cargaison de coussins de sol. En temps normal, elle préférait le sable des plages de Cannes ou même le fin gravier de la Petite Afrique à Beaulieu-sur-Mer. Mais le sable n'était pas idéal pour manger.

Rosa arriva ensuite, avec sa nouvelle copine.

— Salut la compagnie, je vous présente Louise. Elle n'est sur la région que depuis quelques semaines. On va lui montrer que les Niçoises sont plus chaleureuses que les Parisiennes.

Lalie lui aurait bien suggéré de trouver mieux en matière de préjugé, mais il était bien trop tôt pour se mettre Rosa à dos. Tout le monde se fit la bise. Léo proposa de servir un premier verre : ça ferait venir les autres plus vite.

Lalie était partagée : elle avait envie de connaître Rosa, mais elle était aux prises avec un mélange de rivalité et de crainte de ne pas être à la hauteur. Rosa faisait partie de la vie de Léo : elle avait été sa copine, et même si elles n'étaient plus désormais qu'amies, la frontière n'avait pas toujours été imperméable dans leurs relations. Elle voulait engager la conversation, mais elle ne savait pas trop comment.

Elles trinquèrent, et l'on en déduisit que le bruit des verres qui s'entrechoquent était magique, puisque Maggy et Bastian arrivèrent à ce moment précis. Lalie se sentit tout de suite mieux. La terre pouvait trembler, elle n'était plus seule. Elle se sentirait sans doute un peu moins sous le feu inquisiteur de Rosa. Même si cette dernière s'était montrée avenante et souriante depuis son arrivée, Lalie était persuadée d'être passée au gril. Cette soirée s'apparentait pour elle à un rite de passage. Serait-elle à la hauteur ? Les potes de Léo la trouveraient-ils assez bien ?

—Alors, Maggy, il paraît que ta rencontre avec Bastian est digne d'une jolie comédie romantique, entama Rosa. Lalie nous en a touché deux mots avant que tu arrives, mais elle a refusé de donner les détails.

—Oh, j'étais lassée des sites de rencontres et de mes rendez-vous de seconde zone. Alors j'ai mis au point ma petite tactique.

—Je suis un homme-objet, pris au piège d'une fine stratège, feignit de se plaindre Bastian.

—J'ai décidé de me mettre au covoiturage, poursuivit Maggy. J'étais convaincue que ce serait plus naturel et que ça me forcerait à sortir un peu de chez moi. Bastian avait perdu son permis à cette époque, et comme il avait besoin d'aller régulièrement dans le Var pour rendre visite à sa fille, c'était une bonne solution de transport. Voilà dans les grandes lignes.

— Ouais, j'ai même envoyé une carte postale au commissariat dont dépendent les flics qui m'ont arrêté et pris mon permis. Je les ai remerciés d'avoir changé ma vie !

Tout le monde rit de cette belle façon de retourner la situation. C'est au milieu de cette bonne humeur et de cette légèreté apparente que Jonas fit son entrée, accompagné de son amoureux. Celui-ci semblait aussi réservé que Jonas était extraverti.

— Bon, je vois que ce soir personne n'a besoin de moi pour boire, claironna-t-il, un grand sourire aux lèvres. Je vous présente Laurent, mon *boyfriend*.

— « *Boyfriend* », on dit encore ça ? le tacla Rosa. Bon, Laurent, sois quand même le bienvenu. Jonas, chaton, on a juste hydraté nos gosiers. Si tu insistes, j'ai apporté tout ce qu'il faut pour que tu puisses nous faire grâce de ton talent d'agitateur de verres.

Tout le monde se mit à frapper dans les mains pour encourager Jonas qui fit semblant deux minutes de se faire prier, de protester qu'il n'était pas en service. L'ambiance était bonne, Lalie se morigéna de s'être inquiétée pour rien. Quelques cocktails allaient suffire à mettre tout le monde d'accord.

C'était sans compter sur le regard de Rosa, qui ne la lâchait pas. Dès qu'elle tournait la tête, leurs yeux se croisaient. Elle se sentit brusquement mise à nu, comme percée à jour. Et pourtant, elle n'avait rien à cacher, rien à se reprocher. Cette rencontre était plus éprouvante qu'un entretien d'embauche. Mais Léo se sentait bien, ça se voyait. Elle était en pleine conversation avec Bastian, une histoire de modèle de voiture à laquelle Lalie n'aurait rien compris. Tout le monde échangeait, faisait connaissance, et, sans ce regard scrutateur de Rosa, tout aurait été parfaitement normal.

— Ha ha ha ! tu t'y connais trop bien en bagnole ! T'es un vrai mec, en fait ! Dans votre couple aussi, ou c'est juste pour les bagnoles ? demanda Bastian, hilare.

Léo le regarda avec des yeux comme des soucoupes, incapable de trouver une réponse judicieuse à cette remarque maladroite. Un gros silence s'installa. Ce qui aurait pu tirer la sonnette d'alarme, inciter Bastian à changer de sujet, mais il persista :

— Ben quoi ? Vous faites de drôles de têtes ! C'est rigolo, non ?

— Pas vraiment, intervint Rosa. D'ailleurs, si tu veux connaître le fond de ma pensée…

Louise l'interrompit en lui posant fermement une main sur la cuisse. Rosa comprit le signal, prit sur elle et se tut. Maggy voulut intervenir pour apaiser une ambiance qui était en train de devenir électrique.

— OK, c'était bêta, mais pas méchant. Bastian est peut-être un peu coincé dans des clichés hétéros…

— Ouais et, selon toi, alors, je fais l'homme ou la femme ? coupa Laurent qu'on n'avait pas encore entendu jusqu'à présent. Et d'ailleurs, ça veut dire quoi, au juste ? Le mec, c'est celui qui pénètre, et la femme est juste là pour se faire prendre ? Pardon, mais va falloir dépasser ça ! Les mecs hétéros, vous avez vraiment un problème avec votre virilité… on ne se demande plus trop pourquoi, d'ailleurs…

— Ah ouais, pourquoi ?

— Bastian, c'est bon…, marmonna Maggy, déjà rouge de confusion.

— Non, je veux savoir pourquoi ! Moi, je me marre un peu, et tout le monde veut en faire une affaire d'État. C'était juste une pauvre blague, quoi…

Lalie brandit la quiche saumon-poireaux qu'elle avait préparée, tentant ainsi de faire diversion. En remplissant les estomacs, on passerait peut-être à autre chose. C'est à peine si on la regarda.

— En fait, intervint Louise, les gens ne s'aperçoivent pas que ces remarques, anodines pour eux, ne le sont pas pour nous. On le perçoit comme une manière incessante de ramener la normalité à l'hétérosexualité, la sexualité à la question de la pénétration. Et nous, en tant que gays, on se sent toujours marginalisés, montrés du doigt. Même par ceux qui, comme toi, ne sont ni agressifs ni carrément homophobes. On voudrait juste qu'on nous foute la paix, et pouvoir nous aimer sans que ce soit un sujet.

Lalie était très sensible aux paroles de Louise, qu'elle trouva pleines de bon sens. Elle l'aurait bien remerciée de ce discours posé qui disait les choses tout en cherchant à revenir à une sérénité. Elle tendit une fois encore sa quiche aux poireaux, mais sans qu'on lui accordât plus d'attention. En effet, tous les yeux étaient braqués sur Bastian qui, excédé, se leva et se fendit d'une dernière réplique :

— Pas carrément homophobe ! Pas carrément... donc un peu quand même, hein. OK, je vous laisse entre vous alors ! Lalie, je te souhaite bonne chance ! Vu que t'as surtout couché avec des mecs dans ta vie, j'imagine que ça te fait perdre des points dans leur classement.

Il ramassa ses affaires et partit. Maggy se leva, s'excusa pour lui et lui emboîta le pas.

— Lalie, Léo, je suis désolée, les filles... je peux pas le laisser partir tout seul. J'y vais, et on s'appelle, hein...

Anna arriva à ce moment-là, toujours en retard, tenta de saluer ceux qui quittaient les lieux précipitamment.

— Eh ben ! Y a de l'ambiance ici, on dirait ! J'ai loupé quelque chose ?

— Ouais, un pauvre naze d'hétéro qui se croit drôle avec ses pauvres blagues sur qui fait l'homme et qui fait la femme, répondit Rosa.

— Bastian n'est pas « un pauvre naze », intervint Lalie. OK, c'était pas bien fin, mais rien ne dit que ça ne va pas le faire réfléchir.

— S'il avait voulu réfléchir, il ne se serait pas cassé, insista Rosa.

— Tu sais, quand tu as l'impression, même si elle est erronée, d'être seul contre tous, tu peux te braquer. C'est de toute évidence ce qui vient de se passer.

— Ouais, bienvenue dans notre quotidien, miss Privilégiée !

— Rosa, tu arrêtes ça tout de suite, lui intima Léo. Lalie n'a rien à voir là-dedans, alors tu la lâches.

Anna tenta de détendre l'atmosphère : elle se plaignit de ne rien avoir à boire. D'autant qu'avec le plan foireux auquel elle venait d'échapper, elle allait avoir besoin d'une bonne dose de tequila pour faire passer la chose. Cela fonctionna à merveille : Jonas la servit, Louise la pressa de donner des détails. En apparence, tout le monde n'avait plus d'yeux et d'oreilles que pour Anna. Mais la rancœur grognait dans le cœur d'au moins deux personnes de l'assemblée.

Lalie était tiraillée. Évidemment, Bastian avait fait preuve d'une lourdeur de compétition. Ces remarques faisaient rire pas mal de personnes, qui trouvaient ce type de « blagues » plutôt bon enfant. Lalie dut reconnaître qu'elle avait pu rire à ce genre de réflexions par le passé. Sa relation avec Léo la changeait, et pas uniquement parce qu'elle se sentait désormais directement concernée. Depuis que Léo était entrée dans sa vie, Lalie avait renoncé à un certain nombre de certitudes. Elle prenait conscience de n'avoir peut-être pas toujours suffisamment pris en compte le ressenti d'autrui. Du moment que l'on blesse, peu importe l'intention de départ, il faut accepter d'entendre l'autre et de le respecter. Lalie se demanda quelle conversation Maggy était en train d'avoir avec son copain, quelle position elle allait prendre à son égard, et si leur fin de soirée s'annonçait paisible ou mouvementée.

Heureusement qu'Anna était arrivée et avait pris le parti d'attirer l'attention sur elle. Cette fille était un ouragan à elle toute seule, même si l'on devinait sa lassitude de toujours tomber sur des plans foireux.

— De toute façon, Anna, tu as le chic pour t'amouracher de nanas qui sont pas pour toi. Soit elles sont en couple, soit elles sont connes… ou pire, elles sont hétéros.

Encore une réplique cinglante de Rosa qui piqua Lalie en plein cœur. Une pression de la main de Léo l'encouragea à ne pas relever. Mais Anna, tout à sa spontanéité, enchaîna :

— Alors, toi, Lalie, c'est la première fois ? Ton premier *crush*, c'est Léo, c'est ça ?

Lalie rougit et opina. Elle espérait que la conversation ne s'attarderait pas trop sur elle. Mais Anna poursuivit :

— Et qu'est-ce qui t'a plu chez elle ? J'imagine que ce n'est pas son côté souriant et accessible, on sait qu'elle est plutôt revêche au premier abord.

Lalie se détendit et fit le récit de leur rencontre, la bousculade, les macarons écrasés. Et, pour la première fois, elle osa raconter qu'elle avait tout fait pour retomber sur elle. Léo aimait cette anecdote, et le sourire qui se dessina sur ses lèvres indiquait clairement que ça la touchait.

— Un caprice, quoi, ironisa Rosa.

— Pourquoi ce serait « un caprice » ? s'impatienta Lalie. Pourquoi pas une sorte de coup de foudre ? Une envie irrépressible de revoir l'autre, tout simplement.

— Tout simplement parce que tu aimes les mecs, ma chère.

— Oui, et ? Jusqu'à présent, je n'avais pas eu de relation avec une femme. Je n'avais même pas imaginé que ça m'arriverait un jour.

— Ouais, et quand tu auras fini de t'amuser avec elle, tu feras quoi ?

Louise posa la main sur l'épaule de Rosa, pour la faire taire sans doute. Cela eut le mérite de fonctionner un bref instant.

— Écoute, Rosa, j'ai bien compris qu'entre Léo et toi, c'est une histoire qui date, que vos liens sont très forts. Je ne veux vraiment pas m'interposer, mais on dirait que tu me considères comme une rivale. C'est ridicule. Je ne sais pas si Léo et moi, c'est pour la vie ou pour un bout de chemin. Et si ça s'arrête entre nous, va savoir ce qui arrivera ensuite. Pour elle comme pour moi. Pour l'instant, je veux juste être heureuse.

— Ouais, et ensuite, tu la plaqueras pour un mec.

Lalie ignorait que derrière cette animosité se cachait la raison de la première rupture entre Rosa et Léo. Rosa avait craqué sur une fille en première année de fac. Elle avait quitté Léo un peu brusquement, un peu salement. Pour une fille qui, après quelques semaines d'une liaison torride, l'avait plaquée tout aussi salement, pour un mec rencontré en soirée. Elle en gardait une blessure et une rancune assez tenaces. D'autant qu'avec Léo, rien n'avait plus jamais été comme avant.

— C'est toujours comme ça que ça se finit avec les filles comme toi ! poursuivit-elle, prête à blesser Lalie aussi fort qu'elle avait pu l'être à l'époque.

Cette dernière, qui pourtant semblait bien gérer la situation, se leva d'un bond, empoigna son sac et pointa Rosa du doigt :

— Les filles comme moi, elles t'emmerdent. Alors je ne sais pas ce qui dicte tes paroles : la frustration, la jalousie ? Et je ne veux pas le savoir, d'ailleurs. Tu es aussi intolérante, voire pire, que les homophobes que tu critiques. Désolée tout le monde, je préfère partir. Je prends sur moi depuis le début de la soirée, je tâche de ne pas gâcher le moment. Mais là, c'en est trop ! Ma porte est ouverte pour un café, un verre, un repas à ceux qui auraient envie de savoir qui je suis, en plus de quelqu'un qui a préféré coucher avec des mecs jusqu'à présent.

Elle quitta le groupe et la plage à grandes enjambées.

Quelques secondes passèrent. Personne n'osait dire un mot. Léo se leva, regarda Rosa en soupirant.

— Ah, parce que c'est elle que tu choisis, alors ?

— S'il y a un choix à faire, Rosa, c'est que tu m'en auras imposé un. Je sors avec Lalie, que tu le veuilles ou non. Je l'aime, alors ne prends pas ça à la légère. Si t'es pas trop conne, ça prendra le temps nécessaire, mais tu viendras présenter tes excuses. Sinon, tu peux me rayer de ta vie, en effet.

Elle partit en courant, car Lalie était déjà loin.

Épilogue

5 juillet 2014

Lalie se réveilla le cœur léger. Une grande journée s'annonçait. À travers les persiennes, on devinait que le soleil serait de la partie. Ce n'était pas la première fois qu'elle se mariait, et pourtant elle n'en était pas moins impatiente. Cet événement venait valider son droit à écrire, chaque jour, une nouvelle page d'une vie heureuse.

Elle s'étira, tout à son plaisir de paresser entre les draps. Son téléphone émit un discret tintement.

Dans quelques heures, tu seras ma femme. Je t'm.

Lalie avait voulu passer seule cette dernière nuit de célibat. Elle avait réservé une chambre dans un hôtel confortable de la vieille ville de Nice, avec vue sur la mer.

Elle avait voulu faire les choses dans les règles de l'art. On prétendait que voir la robe de la mariée avant la cérémonie portait malheur. L'expérience de son précédent mariage l'incitait à croire qu'on ne prenait jamais trop de précautions.

L'absence de cérémonie religieuse n'empêchait cependant pas de jouer le jeu jusqu'au bout. L'Église désapprouvait son choix, elle ferait avec. Lalie croyait, tout au fond d'elle, que si Dieu existait, il ne pouvait condamner un amour si fort.

La jeune femme se leva, prit le temps de s'étirer, membre après membre. La journée s'annonçait longue et intense. Alors elle voulait profiter de ces derniers moments de calme, ne se concentrant que sur son bien-être personnel.

Un bruit confus provenant de son estomac la rappela à l'ordre. Elle hésita quelques minutes à se rendre au buffet de l'hôtel, dont elle avait vu les alléchantes photos sur le Net. Elle passa finalement un appel à la réception et demanda à se faire monter un assortiment de viennoiseries dont même Gargantua aurait peiné à venir à bout. Si elle entrait dans sa robe après ça, rien ne pourrait l'empêcher de se marier. Même pas ses beaux-parents…

Trois ans d'amour, trois ans d'une vie si différente. Elle avait bien pensé ne plus jamais pouvoir redonner sa confiance. Et pourtant… Cela pouvait sembler cliché, mais elle l'avait su dès le premier regard. Cette rencontre ne pouvait être que de celles qui comptent. De celles qui bouleversent une vie.

Une fois rassasiée, elle commença à se préparer. Maggy et Suzy, la jeune femme qu'elle avait chargée du maquillage et de la coiffure, n'allaient pas tarder.

Elle avait hésité à l'idée de faire un grand mariage, ce n'était pas le premier. Mais Léo avait insisté. « Tu as le droit à ta journée de princesse, j'insiste. » Lalie n'avait jamais été aussi amoureuse. Mais, surtout, elle n'avait jamais autant eu l'impression d'être à sa place.

Tout lui souriait de nouveau : l'amour, mais également la réussite professionnelle. Les contrats s'enchaînaient, et elle avait reçu une offre très alléchante d'une maison d'édition pour un contrat à durée indéterminée. Ayant pris goût à l'indépendance que lui permettait la pratique en free-lance, elle hésitait. Néanmoins, elle était convaincue que plus rien ne lui résisterait.

Sa robe était magnifique. Un joli bustier qui marquait sa taille et rehaussait sa poitrine. Elle avait hâte que Léo puisse la contempler, espérant voir ses yeux briller de désir et d'amour.

On frappa. Elle ouvrit et accueillit les deux jeunes femmes chargées de la transformer en la plus belle mariée de la décennie.

— Allez, allez, on se presse. Je parie que tu n'as même pas encore mis tes jolis sous-vêtements. C'est quand même la nuit de noces, j'imagine, le moment le plus savoureux d'un mariage.

— Maggy, vas-y doucement ! On n'est pas en retard, non plus. Hello, Suzy, désolée de t'avoir imposé une tornade pareille depuis ce matin, taquina Lalie.

— Oh ! ne t'inquiète pas, c'était pire chez moi. J'ai filé honteusement et laissé mes mômes hurlants à la patience légendaire de leur père, répondit Suzy avec un large sourire.

Lalie avait trouvé son annonce sur un site de particulier à particulier. Après avoir passé quelques années à s'occuper de ses enfants, Suzy avait eu envie de reprendre son activité professionnelle. Des diplômes de coiffure et d'esthétique en poche, elle avait préféré se mettre à son compte et organiser son emploi du temps à sa guise. Lalie, ayant opté pour le même genre de fonctionnement, avait eu envie de l'embaucher pour donner la touche supplémentaire à cette belle journée.

La matinée se poursuivit dans la bonne humeur et les éclats de rire, même si, dans un coin de sa tête, le souvenir de Marc s'était invité. Elle avait tant pensé qu'il était l'amour de sa vie, que rien ne pourrait les séparer. L'expérience lui prouvait qu'il était possible de vivre plusieurs grandes histoires. Elle espérait que celle avec Léo serait la dernière. En revanche, elle avait appris qu'on peut se remettre des plus grosses blessures. Le temps apaise, et le cœur se remet à battre quand on ne s'y attend plus.

Une fois coiffée et maquillée, elle enfila sa robe. Maggy l'aida à agrafer le magnifique bustier et mit un peu de poudre sur les épaules de son amie.

— Tu es divine, Lalie ! souffla Suzy. J'envierais presque Léo de pouvoir t'épouser.

— On peut y aller ! Ne faisons pas attendre les invités ! s'exclama Maggy, essayant de cacher les larmes d'émotion qui perlaient dans ses yeux.

La première chose que vit Lalie en entrant dans la mairie, au bras de son père, ce fut Léo, encore de dos. Comme le premier jour, son regard s'arrêta sur le tatouage de sa nuque. Un vol d'oiseaux et cette phrase qu'elle n'avait pas pu lire le premier jour, résumant à merveille le personnage : « Attrape-moi si tu peux. » Elle avait bien cru ne pas y parvenir. Et pourtant, ce beau jour symbolisait tout le chemin déjà parcouru.

Quand Léo se retourna, son cœur faillit s'échapper de sa poitrine. Quelle émotion d'être là, ensemble ! Elle remonta l'allée, au milieu des invités qui lui souriaient, et prit la main que son amoureuse lui tendait.

— Comme tu es belle, mon amour ! Tu as de la chance que nous ayons des invités, sinon je finirais la tête sous ta magnifique robe ! chuchota Léo.

— Tu l'es tout autant, ma chérie ! Tu devrais te maquiller les yeux plus souvent…, répondit Lalie.

Elles furent interrompues par l'adjoint au maire, plus que fier de célébrer l'union de deux si jolies femmes.

Remerciements

Je remercie, en premier lieu, mon amie Magali Vito, qui m'a permis de m'inspirer très librement d'un bout de sa vie. Je te dois le titre de ce roman ; j'espère qu'il te plaira.

Je remercie, ensuite, ma très précieuse Alexandra Avenel. Tu as su m'accompagner plusieurs années, dans les nombreuses versions de ce roman. Ton œil toujours critique et bienveillant m'aide à progresser. Merci de toujours me pousser, merci d'être mon amie.

Mille mercis à Isabelle Varange pour avoir cru en mon histoire et avoir permis que les éditions Hauteville acceptent de la publier. Merci pour ta patience et tes remarques constructives.

Merci aux éditions Hauteville qui m'accueillent dans leur giron. J'espère que c'est le début d'une longue collaboration.

Merci à mon fils, soutien indéfectible. Tu ne me lis certes pas… mais tu as toujours tout mis en œuvre pour me libérer ce temps que demande l'écriture. Rien ne serait aussi beau sans toi.

Merci à mes lecteurs, depuis 2016. J'espère vous retrouver sur ce titre. Merci à toi aussi, nouveau lecteur, qui lit ces remerciements.
Merci aux libraires qui me soutiennent depuis le début, ou plus récemment.

Merci la vie.